KB143767

-a
headphone
actor-

아지랑이
데이즈 Ⅱ

KAGEROU
DAZE

진(자연의적P) 지음
시즈 일러스트
이수지 옮김

목차

헤드폰 액터 I

해 질 녘의 복도에는 나와 내 그림자만이 드리워져 있었다.

목에 걸친 헤드폰에서는 조금 진까지만 해도 라디오에서 흐르는 음악이 새어 나오고 있었다.

하지만 지금은 소음과 함께 사람 목소리 같은 것이 들렸다.

분명히 이제까지와는 분위기가 다른 그 소리가 신경 쓰여서 헤드폰을 썼다.

—간헐적으로 들렸던 음성은 차츰 어떤 말을 자아내기 시작했다.

그것은 어떤 나라의 대통령이 연 뉴스 회견 같았다.

연기하듯이 과장된 목소리가 들리고, 한발 늦게 기계 같은 동시통역 소리가 들려왔다.

잡음이 많이 섞여 있었지만 그럭저럭 알아들을 수 있었다.

「……매우 유감……스럽……지만…… 오늘로…… 지구는 끝…… 입니다.」

그 말이 끝나는 것과 동시에, 수많은 비명 소리와 의미를 알 수 없는 말들이 들려왔다.
헤드폰 너머로도 아비규환의 상황이 귀가 따가울 정도로 전해졌다.

붉게 물드는 창밖, 짙은 보랏빛 하늘에 막 떠오른 초승달을 검은 개미 무리처럼 보이는 커다란 새들이 뒤덮었다.
헤드폰을 벗고 내가 있었던 교실을 보자, 하다 만 게임과 산처럼 쌓인 참고서가 석양을 받아서 주홍빛으로 빛나고 있었다.

나는 지금까지 무엇을 하고 있었던 것일까.
조금 전까지 누군가와 이야기를 나눴던 것 같기도 하지만, 그것조차도 떠올릴 수 없었다.

"……분명 무슨 농담일 거야."

자신을 타이르듯이 중얼거리고 복도로 이어지는 창 하나를 열었다. 그러자 지금까지 들어본 적이 없을 정도로 요란한 사이렌 소리와 사람들의 비명 소리가 들려왔다.

그 소음은 점점 더 커져서 온 거리를 뒤덮었다.

입술이 떨리고 이가 딱딱 소리를 내며 부딪쳤다.

나는 혼자다.

여기에는 이제 아무도 없다.

그리고 이제 곧 나도 사라지는 것이다.

심장의 고동이 빨라지고 눈물이 볼을 타고 흘렀다.

—외톨이는 싫어. 혼자 있는 것은 무서워.

나는 절망의 소용돌이에 삼켜지는 세계에서 도망치듯이, 자신을 잘라 버리듯이, 다시 밀폐형 헤드폰을 썼다.

라디오 소리는 이미 끊어졌다. 지금은 잡음조차도 들리지 않았다.

"……이제 전부 포기하자……."

그렇게 중얼거린 순간, 문득 어떤 소리가 들려온 것 같았다.

주의 깊게 들어보니 나에게 말을 걸고 있는 모양이다.

—그리고 나는 바로 알아챘다.

이 목소리는, 다른 누구도 아닌, 나 자신의 목소리다.

『저기, 듣고 있어? 아직 가야만 하는 곳이…… 전해야만 하는 것이 있지?』

나는 그것이 무엇인지 떠올릴 수 없었다.
하지만 왠지 무슨 말인지 알 것 같았다.

『괜찮아. 의심하지 마. 분명 저 언덕을 넘으면, 싫어도 그 의미를 알게 될 테니까. 이대로 있으면 너는 사라질 거야. 그러니까—.』

나는 다시 흘러넘칠 것 같은 눈물을 훔치고 숨을 들이쉬었다.

『—살아남고 싶지?』

세계가 종말을 맞이한 그날.
나는 자신의 목소리에 이끌리듯이 요동치는 지면을 힘껏 찼다.

해 질 녘 예스터데이 I

←

요란한 알람 소리에 눈을 떴다.

머리맡으로 손을 뻗어서 더듬더듬 소리가 울리는 핸드폰을 찾았다.

부랴부랴 알람을 끄고 시간을 확인한 뒤, 다시 눈을 감고 한숨을 크게 쉬었다.

……이상하다. 아니, 이상해, 이상해. 절대로 이상해.

어쨌든 오늘은 열한 시간이나 자고 일어났다.

그런데 왜 이렇게 졸린 거지. 너무 부당하잖아. 꽃 같은 여고생이 「심야 시간」이라는 귀중한 대가를 지불했는데도 불구하고, 몸이 얻은 만족감은 너무 적다.

뭐가 잘못된 거지? 나는 꽃 같은 여고생이 아니라는 말인가……. 내가 심야 시간에 하는 일이라고 해봤자 온라인 게임이지만, 그래도 대가는 대가잖아.

온몸이 권태감으로 가득 차서 「그만둬! 좀 더 자지 않으면 죽어버릴 거야. 다시 생각해!」 하고 위험 신호를 보냈다.

위험 신호를 받아들인 뇌가 「이불에서 빠져나가지 않아도 되는 방법」을 생각하기 시작했다.

예를 들면, 첫 번째 작전 『꾀병』.

나는 지금 할머니와 단둘이 살고 있다. 분명 "오늘은 몸이 좀 안 좋은데……"라고 말하면 간단히 학교 수업을 빠질 수 있겠지.

할머니를 속이는 것은 조금 죄책감이 들지만, 지금은 어쩔 수 없다.

하지만 이 작전은 매우 좋지 않다.

섣불리 「몸이 좋지 않다.」라고 호소하면 할머니가 나를 바로 병원으로 끌고 가겠지.

검사다 입원이다 야단법석……. 그렇게 된다고 생각하면 정말 소름이 끼친다.

게임도 변변히 할 수 없는 병원에서 그저 한없이 시간만 때우는 것은 사양이다.

도대체 다들 너무 예민하다. 이 「병」도 죽을병이 아니라는데도 너무 호들갑스럽다.

돌아가신 할아버지는 특히 내 병에 예민해서 여러 가지로 과보호하는 경향이 있었다. 덕분에 올해 입학한 고등학교에서는 완전히 나를 특별취급하고 있다.

……뭐, 확실히 교실에서 갑자기 털썩 쓰러지거나 하면 주위에 민폐겠지. 무엇보다도 부끄럽잖아.

"결국 이렇게 하는 게 최선이겠지."

—그렇게 생각하면서 생활한 지 반년 이상이 지났다. 입학하고 나서 여태 제대로 된 친구 하나 제대로 사귀지 못한 것은, 이게 문제가 아닐까.

아무튼 이러저러해서 첫 번째 작전은 폐기.

여기까지 계산하는 데 걸린 시간은 약 2분. 「아침 시간은 실제보다 빠르게 흘러가는 것처럼 느껴지는 법칙」을 생각하면, 사고 속도가 압도적으로 빠르다고 말할 수 있겠지.

두 번째 작전 『오늘은 사실 휴교일이었다』.

할머니에게 오늘은 사실 휴교 일이었다고 말하면……. 여기까지 생각하고 어젯밤 "내일 도시락 싸가야 하니?" 하고 할머니가 말했을 때 "응. 계란말이가 먹고 싶어!"라고 말했던 사실을 떠올렸다.

……나는 바보인가! 무슨 계란말이냐! 도시락보다도 「수면 시간 연장 티켓」을 요청해야만 했다. 물론 그런 티켓은 없지만.

그런 내 생각과는 반대로 달걀 요리에서 풍기는 맛있는 냄새가 났다. 어제 내가 한 요청에 부응하기 위해서 「셰프· 할머니」가 정성껏 도시락을 준비하고 있는 것이겠지.

필사적으로 땡땡이칠 구실을 생각했던 것이 부끄러워서 "으으……." 하고 신음 소리가 새어나왔다. 나는 이 얼마나 못된 손녀인가.

몸을 뒤척이면서 살짝 이불로 기어들어가며 다시 생각했다.

……그나저나 할머니는 어떻게 알람 시계를 맞춰놓지도 않고 매일매일 아침 일찍 규칙적으로 일어날 수 있는 걸까. 뭔가 정밀한 컴퓨터라도 들어 있는 것이 틀림없다. 그야말로 컴퓨터 할머니…….

―그런 쓸데없는 생각만 하는 동안, 아래층에서 삐걱삐걱 계단을 올라오는 발소리가 들려왔다. 낡은 목조 건물 특유의 공포스러운 이 소리는 아마도, 아니 틀림없이 할머니가 나를 깨우러 오는 소리겠지.

단숨에 이불을 뒤집어쓰고 마지막 발버둥을 쳤다.

아아…… 이제 시간이 없어……. 세 번째 작전…… 작전…… 작…….

"언제까지 자고 있을 거니! 늦기 전에 얼른 준비해야지!"

"으으…… 네……."

작전 실패.

커튼이 젖혀진 창문에서 강한 햇살이 쏟아지고, 나는 머릿속으로 「GAME OVER」라는 붉은 글씨를 떠올리고 있었다.

*

따뜻한 초겨울 날씨.

아지랑이가 일렁이는 한여름이 끝나고 가을이 지난 등굣길 풍경은 이제 완전히 겨울이 왔다는 느낌이 들었다. 길 가는 학생들 중에도 동복을 입은 모습이 눈에 띄기 시작했다. 스웨터로 몸을 감싼 사이 좋아 보이는 남녀의 모습이 하나둘씩 시야에 들어왔다.

—그런 학생들에게 노골적으로 혐오감을 드러내면서, 아니꼬운 대화를 헤드폰으로 완전히 차단하며 묵묵히 학교를 향해 나아가는 나·「에노모토 타카네」는 기분이 매우 나빴다.

아니, 따로 언급할 만한 일이 아닐지도 모른다. 이것이 내 평소 모습이기 때문이다.

밤늦게까지 자지 않는 것이 습관이 되어서, 기본적으로 아침에 눈을 뜨고 난 뒤 오전에는 졸려서 짜증이 났다.

오후가 되면 오후가 된 대로, 같은 반 친구나 선생님의 태도에 뭔가 짜증이 났다.

그 탓인지 눈매도 항상 사나워서 자주 "화났어?"라는 소리를 듣는다.

그리고 그때마다 또 짜증이 솟구치기 때문에 엄청난 악순환이다.

차라리 항상 실실 웃으며 농담을 하고 짓궂은 장난만 치며 지내고 싶다. 하지만 그런 성격이 되리라는 생각도 들지 않고, 되고 싶다고도 생각하지 않는다.

그런 자신의 장래에 대한 시시한 망상을 할 때조차 짜증을 내는 나는, 오늘도 평소처럼 불쾌한 기분을 안고 등교를 했다.

하지만 집에서 학교까지의 거리가 꽤 가까워서 버스나 전철을 탈 필요가 없다는 점은 유일한 위안이었다.

아무튼 통학할 때 체력을 쓰지 않아도 되고, 무엇보다 조금이라도 더 잘 수 있다.

덕분에 오늘도 멀리서 등교하는 학생들이 전철을 갈아타느라 온갖 고생을 하고 있을 시간에 느긋하게 눈을 뜨고, 조례를 시작하기 15분 전에 여유롭게 교문을 지날 수 있을 것 같았다.

교문까지 일직선으로 뻗은 길로 나오자, 단숨에 같은 교복을 입은 학생이 많아졌다.

자연히 걷는 속도도 빨라지고 눈매는 더욱 사나워졌다.

나는 교문 바로 앞에서 헤드폰을 벗고 코드를 감아서 가방 안에 넣었다.

할머니가 생일 선물로 사준 이 헤드폰은 상당히 마음에 들었다. 디자인도 귀엽고 음질도 좋다. 「음질도 좋다.」라고 해도 같은 반 친구에게 이어폰을 빌렸을 때 「왠지 소리가 맑고 깨끗하지 않네.」라고 느낀 이래로 그렇게 생각하고 있을 뿐이다. 특별히 고급스러운 제품은 아니다.

단지 이 헤드폰에 익숙해진 나에게는 둘도 없는 파트너였다.

교문 앞에 서 있는 우락부락한 체육 교사에게 가볍게 인사하고 학교 안으로 들어가자, 일주일 뒤로 다가온 학교 축제 준비로 매우 소란스러웠다.

　교문에서 정면에 있는 현관으로 뻗은, 폭이 약 10미터 되는 길 중간중간에는 각 반의 부스 준비 공간이 펼쳐져 있었다.

「페인트 칠 중! 절대 만지지 마!」라는 주의 문구가 적힌 이상하고 거대한 간판과 「종이 상자 구함! 제공할 수 있는 경우 2—A 실행 위원에게 연락을!」이라는 재료를 구하는 종이가 붙어 있는 모습이 눈에 들어왔다.

　둘러보니 도대체 아침 몇 시부터 작업을 하고 있는지 벌써 옷이 페인트투성이가 된 학생이나, 이미 어떤 몬스터처럼 가장을 한 학생, 혹은 "남자애들이 제대로 안 하니까……."라며 울고 있는 『학교 축제니까 모두 함께 열심히 하자고 생각하는 타입의 여학생』이 여기저기 보였다. 눈앞에 펼쳐진 광경은 실로 「청춘의 형태화」 그 자체였다.

　—하지만 『평소 입만 열면 말다툼을 하는 주제에 이런 때만 동료 의식을 들먹이는 녀석은 뭐야라고 생각하는 타입의 여학생』인 나는, 학교 축제 준비가 귀찮기만 했다.

　게다가 교내는 준비 기간 동안 축제 분위기 때문에 평소

보다 배로 소란스러웠다. 저녁 늦게까지 남아서 난잡하게 노는 발칙한 패거리까지 나오기 때문에 질이 안 좋다.

그리고 학교 축제가 끝나고 남는 것은 엄청난 양의 쓰레기 정도다.

뭐야 이 쓸데없는 이벤트는. 바보 같아.

그리고 보니 「일단」 내가 소속된 1학년 B반은 이미 전 세계에서 유행이 지났을 전통적인 「메이드 카페」를 한다고 어제 배포된 프린트물에 적혀 있었다.

이 기획에 대한 회의는커녕 평상시 수업조차 나가지 않는 나와는 전혀 관계가 없는 일이라 다행이었다.

혹여 한때의 기분에 휩쓸려서 메이드 옷 같은 것을 입게 된다면, 평생 씻을 수 없는 업을 짊어지게 된다. 그런 걸 누가 하겠냐.

그런 생각으로 번민하면서 거대한 공룡 모형의 다리 사이를 빠져나갔다. 실실 웃으며 길을 막고 있는 바보 같은 면상의 남학생을 노려보는 것으로 물리치고, 현관을 향해 나아갔다.

「미시오」라는 글자를 읽을 수 없을 정도로 낡은 문의 손잡이를 밀었다. 발을 들여놓은 교사(校舍) 안은 난방을 해서 무척 따뜻했다.

구두를 벗고 실내화를 꺼내기 위해 신발장을 보았지만,

이 나무로 만든 신발장도 상당히 낡았다.

들리는 이야기로는 이 교사 자체가 상당한 역사를 지닌 건물인 듯했다. 정치가나 연예인 등 유명한 사람을 포함해서 많은 학생을 배출해온 자랑스러운 배움터인 모양이다.

하지만 솔직히 대부분의 학생들은 그런 역사를 자랑스럽게 말하기 전에 빨리 보수 공사나 했으면 하고 바랐다.

우리의 자랑스러운 배움터는 여름 태풍으로 체육관 천장에 구멍이 뚫리고 물 마시는 곳의 바닥이 꺼지는 등, 상당히 안타까운 사건이 잇따라 일어나고 있었다.

특히 올해 가장 더운 시기에 학교 안의 모든 에어컨이 고장난 대사건은 심각한 문제가 되었다. 학생들 사이에서도 「한시라도 빨리 전학 가고 싶다.」는 의견이 속출할 정도였다.

하지만 여름 방학 기간 중에 이뤄진 명색뿐인 에어컨 공사로 냉난방 기능은 부활했다. 학교 설비에 대한 불만을 방패 삼아 어떻게든 여름 방학을 연장시키려고 했던 일부 재학생도, 어쩔 수 없이 2학기 등교를 하게 되었다.

신발장 발판 위에서 실내화로 갈아 신고 서둘러서 복도로 나갔다.

나는 학교생활 중에서 이 순간이 가장 고통스러웠다. 모두가 화기애애하게 신발장 정면 복도에서 왼쪽으로 들어가 일반 교실로 이어지는 2층 계단을 올라갔다. 그럴 때 나는 홀로 오른쪽으로 돌아서 사람이 적은 실습 교실 쪽으로 들어갔다. 실습 교실 중에서도 특히 이질적인 약품 냄새가 가득한 교실을 향해 익숙하게 걸어갔다.

그렇다. 양호 선생님의 영향으로 나에게 「일반 교실」은 바로 「과학실」이었다.

최근 몇 년 동안 근처 시가지가 발전하면서 학생 수가 급격하게 증가했기 때문에 일반 교실은 전부 각 반에 배정되었다. 그래서 현재 「양호실」로 사용할 수 있는 교실이 없기 때문에 나는 「과학실」로 등교하는 것이다.

교실은 설비로만 따진다면 책상과 교탁만 있어도 충분하다. 그러나 입장을 바꿔서 생각해줬으면 한다. 3년 동안의 꽃다운 고교 생활 대부분을 포르말린 냄새가 가득한 교실에서 지내게 되는 것이다. 그 사실을 떠올리면 상당히 안타까웠다. 하지만 현재 이 교실에 다니는 학생은 나를 포함해 단둘이기에, 조용하고 평온하다는 점에 있어서는 지내기 무척 편했다. 게다가 내가 앓고 있는 병 때문에 이제 와서 일반 교실로 옮겨도 겉도는 존재가 될 것 같다는 걱정이 들었다. 그런 이유로 이 상황을 받아들일 수밖에 없었다.

복도를 걸어가서 주변에 아무도 없는 것을 확인한 뒤 "하아……." 하고 크게 한숨을 쉬었다.

미술실과 음악실, 가사실을 지나자 동아리 부실이 있는 건물로 이어지는 길이 나왔다. 이 왼쪽으로 꺾어지는 커다란 길 오른쪽에 「과학실」이라고 적힌 표찰이 보였다.

─그리고 그 아래에 익숙한 연두색 미닫이문이 있었다.

불평하고 싶은 부분은 많지만, 역시 사람이 적은 이 교실은 어딘가 안도감이 든다.

어차피 선생님은 평소처럼 지각할 테고, 유일한 같은 반 친구도 그림만 그리는 자기중심적인 녀석이다.

「선생님이 올 때까지 잠깐 잠이라도 자볼까.」 하는 생각을 하면서 문을 열자, 졸음이 순식간에 달아날 정도로 터무니없는 광경이 눈에 들어왔다.

"좋은 아……. 으, 우와아아아아아!"
"어? 아, 타카네. 좋은 아침~."

그곳에는 그늘 한 점 없는 미소를 지으며 인사하는 동급생 「코코노세 하루카」가 서 있었다.

딱 봐도 병약해 보이는 하얀 피부에 점잖고 부드러운 인상. 취미와 특기는 그림 그리기. 여자아이 같은 이름이지만 평범한 남자아이다.

단지, 지금 이 녀석은 「평범」하지 않았다.

―어디를 어떻게 봐도…… 팬티만 걸치고 있다.

"무…… 무슨……?!"

아침 댓바람부터 비현실적인 광경에 할 말을 잃었다. 눈 둘 곳을 필사적으로 찾았지만, 그 녀석은 그 상태 그대로 나에게 척척 다가왔다.

"아, 저기 말이야, 잠깐 내 이야기 좀 들어봐……. 오늘 아침 교정(校庭) 분수 근처에서 고양이가 말이지, 이렇게 쓱 다가와서 말이야. 그래서 쓰다듬으려고 했거든. 근데 이렇게, 뭐라고 해야 좋을까―. 고양이가 몸을 휙 돌리고 피하는 거야. 그러는 바람에 균형을 잃어버려서 분수에 빠졌 ―."

"돼, 됐으니까! 원인 같은 건 내 알 바 아니니까! 빠…… 빨리 옷이나 입어!"

하루카는 당황하지도 않고 「이런― 곤란하네, 곤란해.」라는 표정으로 덤덤히 반라에 이르기까지의 과정을 설명하려 했고, 내가 필사적으로 외쳐도 고개를 살짝 갸웃할 뿐이었다.

"어―? 하지만 옷이 아직 덜 말랐는걸. 봐봐."

하루카는 난방기 앞에서 말리고 있는 교복을 가리키면서, 마치 내가 말도 안 되는 소리를 하고 있는 것처럼 행동했다. 그 거리는 불과 50센티미터.

나는 너무나도 비현실적인 사건에 몸을 뒤로 젖혔다. 조금 전 막 닫은 미닫이문에 덜컹! 하고 부딪치면서도 필사적으로 반복해서 말했다.

　"아, 아, 아아! 알았어! 정말이지, 축축해도 괜찮으니까! 이, 일단 옷 좀 입어! 저지 같은 걸 찾아올 테니까 그때까지 입고 있어!"

　"어? 으~음, 알았어……. 하지만 저기……. 어라? 셔츠가 없어……. 셔츠~."

　"셔츠는 지금 네가 밟고 있잖아! 발밑에! 아— 진짜! 이리 줘봐!"

　「여자아이 앞에서 반라」라는 상황이 얼마나 중대한 사건인지 모르는지, 하루카는 거북이처럼 느릿하게 움직이며 겨우 옷을 입기 시작했다.

　하지만 그 모습을 느긋하게 지켜볼 수 있는 상황이 아니다.

　나는 하루카가 집어 든 셔츠를 빼앗은 뒤, 하루카를 보지 않도록 눈을 감고 억지로 하루카에게 옷을 입히려고 시도했다.

　"우왓! 아니, 괜찮아. 혼자서 입을 수 있다니까! 잠깐 그거 반대쪽이야~."

　"꺄아아아! 움직이지 마. 그만둬! 이쪽 보지 마!"

　이것은 누가 어떻게 봐도 정상적인 상황이 아니었다. 어째서 아침 댓바람부터 반라 상태의 동급생에게 억지로 옷을 입혀야만 하는 걸까.

이 녀석이 동급생만 아니라면 후딱 경찰에 넘겨도 될 수준이다.

하지만 만약 지금 이 상태를 누군가가 보기라도 한다면 몹시 위험하다.

그야말로 순정 만화에 자주 나오는 장면처럼 황당한 오해를 받을지도……. 그런 생각을 했을 때, 예상했던 최악의 사태가 일어났다.

"안녕—. 조례 시작한다—. 어라……."

기운 없는 목소리와 함께 기세 좋게 드르륵 열린 문 저편에는 우리 둘의 담임이며, 이 학교에서 과학 수업을 담당하는 교사 「타테야마 켄지로」가 서 있었다.

선생님은 조금 전 내 표정과 달리 어안이 벙벙한 표정을 지으며 출석부를 바닥에 툭 떨어뜨렸다.

"아…… 아니…… 저 선생님, 이건……."

"아, 선생님 안녕하세요~."

단숨에 등줄기가 얼어붙은 나와는 대조적으로, 반라인 하루카는 웃는 얼굴로 인사를 했다.

객관적으로 이 상황을 보면 아마도 「이른 아침부터 순진한 남자 고등학생을 전라로 만들려는 눈매가 사나운 여학생」으로 보이겠지.

순간 침묵이 흘렀다. 아마 한순간이었겠지만 체감상으로는 아득히 길게 느껴졌다. 선생님은 어떤 결론에 이르렀는지 "오…… 내가 방해를 했구나……. 미안하다……."라는 말을 남기고 복도로 나가려고 했다.

"꺄아아아! 아니야! 아니에요! 이 녀석이……. 오, 옷도 안 입고 어슬렁어슬렁 돌아다니기에, 오, 옷을 입히려고 했을 뿐이에요!"

애매한 표정으로 교실을 떠나려던 선생님이 움직임을 딱 멈췄다.

"어? 아, 아— 뭐야 그런 건가……. 아니— 나는 틀림없이 네가 더는 참지 못하고 이성을 잃었다고 생각해서……."

선생님은 휴우 하고 한숨을 쉬고 미소를 띠면서 출석부를 주워 들었다.

"아니 평소부터 제가 하루카를 노리고 있었다는 듯한 말은 그만두세요! 그보다 만약 그렇다면 엄청난 사건이잖아요?! 방금 있는 힘껏 도망치려고 하셨잖아요!"

"아니— 생각해봐, 뭔가 귀찮은 일이 벌어지면 『몰랐다.』라고 말하는 게 가장 편하잖냐. 그거야 그거. 너희도 역시 자유로운 환경에서 무럭무럭 자라고 싶잖아……."

"당신은 정말 저질이야! 그보다 잠깐, 이 녀석에게 옷 입히는 것 좀 도와주세요! 안 그러면 이사장님에게 이를 거예요!"

선생님은 머리를 박박 긁으면서 귀찮아했다. 하지만 『이사장님』이라는 말이 나오자마자 "OK." 하고 한마디 중얼거리고, 전광석화처럼 재빠르게 하루카에게 옷을 입히기 시작했다.

이런 「나쁜 어른의 예」는 좀처럼 만나기 어렵겠지.

어떤 의미로 정말 귀중한 가르침을 받고 있구나……. 그렇게 통감하는 순간이었다.

"으에…… 역시 축축해서 기분 나빠요, 선생님……."

선생님의 경쾌한 손놀림으로 다시 옷을 입게 된 하루카는 몹시 기분이 나쁜 듯한 소리를 내면서 자리에 앉았다.

나도 겨우 자리에 앉았지만 의자에 앉은 순간 엄청난 피로감을 느꼈다.

이 녀석 때문에 아침부터 HP가 얼마나 깎인 건지.

아마도 오늘은 이 이후로 전혀 웃지 않겠지…….

교탁은 나란히 늘어선 두 책상보다 조금 높은 위치에 학생들과 마주 보는 형태로 있었다. 선생님은 교탁에 있는 키가 큰 파이프 의자에 걸터앉아서 출석부를 펼쳤다.

"아~ 알겠다, 알겠어. 나중에 저지 가져다줄 테니까. ……그~래서 인사가 늦었지만 안녕. 아~ 두 사람 모두 출석했구나……. 좋아. 이야— 매일 질리지도 않고 등교하느라 고생이 많다."

"……그거 선생님이 하실 말씀은 아니잖아요."

선생님은 털썩 교탁 위에 엎드리면서 "선생님이 말했으니까 선생님이 한 말이잖아~." 하고 기운 없는 목소리를 냈다.

이런 사람이 교사가 됐다는 것은 이 세상이 정말로 평화롭다는 이야기겠지.

하지만 이 나라의 장래가 몹시 걱정된다.

"아~ 오늘 조례는 말이지─. 으음~ 뭐였더라……. 으음~ 메모한 것 같기도 하고 하지 않았던 것 같기도 하고……."

"빨리해주세요!"

그렇지 않아도 아침에 있었던 사건 때문에 짜증이 나는데, 이 사람을 보고 있으면 부정적인 감정이 더욱 부풀어 오른다. 빨간 펜을 빙글빙글 돌리는 그 모습은 나른해 보이는 초등학생 그 자체였다.

"아~ 기다려, 기다려. 으~음…… 오! 맞다, 맞다. 학교 축제 때 뭘 할 건지 정해야 되지. 너희들, 결국 뭐 할 거냐?"

"네에?! 선생님, 얼마 전에 그 이야기가 나왔을 때 『아무것도 안 해도 되잖아?』라고 말하셨잖아요?! 그 뒤로 이야기도 안 꺼냈으니까 정했을 리 없잖아요!"

나는 덜컹 소리를 내며 의자에서 일어났다. 하지만 선생님은 그런 건 안중에도 없는지 생기 없는 눈으로 바라볼 뿐 일어나지도 않았다.

"아~ 아니, 그게 말이지……. 저번 주에 이사장님이 『타테야마 선생님 반에서는 어떤 걸 하십니까?』라고 물어보셔서 말이다. 뭘 생각했어야 말이지. 일단 『깜짝 놀랄 특별 기획을 준비하고 있어! 기대해주십쇼!』라고만 말해뒀지."

"아니, 이사장님에게 얼마나 잘 보이고 싶은 거예요? 『말해뒀』라고 말할 때가 아니잖아요! 어쩌실 거예요! 앞으로 일주일밖에 안 남았는데⋯⋯!"

다시 덜컹 소리를 내며 의자에 앉아 손으로 얼굴을 덮었다. 하루카는 옆에서 "아, 그럼 사격 게임 부스를 하고 싶어."라고 말했다. 준비나 예산을 전혀 고려하지 않은 그 멍청한 의견이 나에게 한층 더 절망감을 안겨주었다.

솔직히 저 선생님이 어떻게 되든 내가 알 바 아니다. 하지만 현재 아무런 계획도 세우지 않은 우리의 축제 기획이 『특별 기획』이라는 명목으로 학교에서 배포하는 프린트에 실리기라도 한다면, 그것이야말로 정말 어떻게 할 방도가 없다.

그렇게 될 경우에 결말은 절망, 심연의 어둠, 그리고 파멸⋯⋯.

"아아아⋯⋯!"

상상만 해도 너무 무시무시한 미래에 무심코 목소리가 흘러나왔다. 만약 의지할 수 있는 클래스메이트라도 있었다면 이 역경에 뭔가 불타오를 수 있었을지도 모른다. 하지만 옆에 있는 흠뻑 젖은 무사태평한 남자와 THE 인간쓰레기인 선생님과 나 세 명으로는 아무리 생각해도 전력이 부족했다.

나는 나름대로 티개책을 생각해보았지만 평소 게임만 했기 때문인지, 아직 잠이 덜 깼기 때문인지, 머리가 생각처럼 돌아가지 않았다.

가혹한 상황이 닥쳤지만 내 손에 든 패로는 어떻게 할 방도가 없었다. 내가 머리를 감싸 쥐고 있을 때 선생님이 어색한 표정으로 우리를 바라봤다.

"……음, 뭐 진정해라. 아직 어떻게 된 것도 아니니까. 일단 이 교실은 어느 정도 자유롭게 사용할 수 있는데다 나도 협력할 테니까 말이지. 우선 뭔가 적당한 아이디어를 내주지 않겠어?"

선생님……. 아니, 이미 선생님이라고는 부를 수 없는 이 남자가 뒤에 말한 「나도 협력할 테니까.」라는 부분은 더더욱 신뢰감이 들지 않았다.

나에게 이 사건은 그렇게 쉽게 생각할 일이 아니었다.

만약 『특별 기획』이라는 명목에도 불구하고 매우 형편없는 것을 하게 되면 사람들 사이에서 여러 가지 소문이 퍼지겠지. 그리고 아마 남은 2년 동안은 제대로 된 학교생활을 보낼 수 없을 것이다.

하루카는 전혀 개의치 않겠지만, 적어도 나에게는 엄청난 사건이다.

그렇지 않아도 학교 안에서 겉도는 존재인데, 이 이상 선불리 눈에 띄는 일은 하고 싶지 않다.

하지만 「이 교실을 사용해도 좋다.」라는 선생님의 말에는 뭔가 타개책으로 이어지는 요소가 있을 것 같았다.

이 교실도 우리에게는 이미 익숙하지만 손님 입장에서 보면 신기한 것도 많을 것이다. 예를 들어 「○○실험」 같은 이름을 내걸면 다들 두근두근하겠지.

"……하다못해 뭔가 재미있는 걸 할 수 있다면 좋겠지만 말이죠. ……그보다 예산! 선생님, 확실히 각 반마다 예산이 나오지요?! 우리는 얼마나 받을 수 있나요?!"

내가 그렇게 물어본 순간, 선생님은 움찔하는 소리가 들릴 것 같은 표정을 지으면서 우리 등 뒤에 있는 비품 선반을 힐끔 보았다.

"어? 뭘 보고—."

나는 그 순간을 놓치지 않고 선생님의 시선을 따라갔다. 다양한 실험 기구와 약품 병 사이로 어딘가에서 본 적이 있는 기분 나쁜 물고기 표본이 보였다.

그것은 선생님이 예전에 교재 통판 사이트를 보면서 "이 표본이 멋지단 말이지……. 하지만 비싸서 말이야……." 하고 중얼거렸던 진귀한 바닷물고기의 표본이었다.

"……어라? 이상하네요. 선생님, 저 표본은 분명 비싸서 살 수 없었던 게 아닌가요?"

날이 꽤 선선해졌는데도 선생님의 이마에서는 많은 양의

땀이 배어 나왔디. 기세등등한 나와 눈을 맞추지도 못하고 그저 아무 말 없이 고개를 숙인 선생님의 모습은, 마치 움직일 수 없는 증거를 들이밀어진 탐정 만화 속 범인 같았다. 선생님은 당장이라도 동기를 술술 밝힐 듯한 분위기를 자아내고 있었다.

"……선생님, ……축제에 쓸 예산을…… 쓰신 거죠?"

"……저 녀석, ……저 녀석 탓이야……!"

그 뒤, 선생님이 어설픈 연기를 하며 열정적으로 시작한 이야기는 "진귀한 바닷물고기의 표본(저 녀석)이 마침 각 반에 예산이 책정된 타이밍에 40% 할인 세일을 시작했다."라는 옹호할 여지가 전혀 보이지 않는 범행 동기였다.

……그보다 동기도 뭣도 아니다.

마치 자신은 진귀한 바닷물고기에 매료된 피해자인 것처럼 이야기하는 그 모습에, 나는 이미 분노와 모멸을 넘어서 어느 정도 동정심과 비슷한 감정을 느끼고 있었다.

"그래서 결국 어떻게 할 거야? 나는 저기…… 사격 게임 같은 게 괜찮을 거라고 생각하는데……."

이미 선생님의 연설은 「진귀한 바닷물고기가 얼마나 매력적인가.」라는 주제로 바뀌었고, 나는 선생님을 이사장님에게 어떻게 끌고 갈까 고민하고 있었다. 그런 때, 하루카는 무엇을 어떻게 짐작했는지 다시 사격 게임을 하고 싶다는 의견을 냈다.

"……저기 말이야, 사격 게임 같은 건 경품도 많이 필요하고, 준비하기도 힘들고, 이 인원으로 하기에는 아무리 생각해도 무리잖아? 무엇보다 이제 이런 바보 선생님 때문에 예산이 없어."

"으음~. ……좋은 아이디어라고 생각했는데—. 다른 반이 준비하는 걸 전부 봤지만 사격 게임은 없는 것 같았거든."

하루카가 그런 말을 꺼내다니 매우 의외였다. 다른 반이 「사격 게임」을 하지 않는 이유는 아마 예산 때문이겠지. 학교 건물의 보수 공사도 제대로 못하는 판에 각 반마다 경품을 잔뜩 구비할 수 있을 정도로 예산을 책정했을 거라고는 도저히 생각할 수 없다.

문제는 그보다도 언제나 멍하니 무슨 생각을 하고 있는지도 알 수 없는 하루카가, 다른 반은 학교 축제를 위해서 무엇을 준비하는지 모든 내용을 파악하고 있을 정도로 축제에 관심을 가지고 있다는 점이었다.

"……너 혹시, 학교 축제를 꽤 기대하고 있는 거야?"

그렇게 묻자 하루카는 부끄러운 듯이 "사실은 꽤……."라고 대답했다. 조금 전에는 반라로 있는 모습을 보여도 부끄러워하지 않았던 주제에. 아무래도 이 녀석의 수치심과 관련된 부분은 다른 사람과 조금 다른 곳에 있는 모양이다.

"뭔가 의외이긴 한데…… 그보다 너 얼마 전에 『축제 때 아무것도 안 한다.』는 이야기가 나왔을 때, 왜 아무 말도 안 하고……."

"아니 그도 그렇게, 나는 몸이 약하니까 갑자기 쓰러져도 큰일이잖아. 주위를 보니까 준비하는 것도 보통이 아니구나 싶어서, 별수 없다는 생각에……."

하루카는 그렇게 말하고 조금 덧없어 보이는 미소를 지었다.

그다지 잘은 모르지만, 하루카는 내 「병」과는 비교할 수도 없을 정도로 심각한 「병」을 앓고 있는 모양이다.

그야말로 사소한 발작이라도 죽음과 직결되는 듯한 그런 종류의 병이다.

입학했을 때 선생님이 이야기해주었지만, 본인의 무사 태평한 성격 때문인지 나는 그 사실이 별로 실감 나지 않았다.

본인은 그동안 겪어온 경험으로 확실하게 자각하고 있겠지.

어쩌면 입학하고 나서 지금까지 학교생활을 할 때도 내가 눈치채지 못했을 뿐, 많이 참고 있었을지도 모른다.

"과연. 하지만 축제에 참가하고 싶은 거지?"

"……응. 맞아, 하고 싶어. 아, 그래도 타가네에게 폐를 끼치게 될 거고……."

하루카는 부끄러워하면서도 확실하게 말했다. 지금 이 흐름에서 왜 그렇게까지 부끄러워하는지 잘 모르겠지만.

"……너 말이야, 선생님이 이렇게 적당히 자기 좋을 대로 하는데 네가 주저할 이유가 어디 있어? 일단 해보고 만약 잘 안 되면 그건 그때 가서 생각하면 되잖아."

"으음~ 그렇지만, 역시 나 혼자서는 아무것도 할 수 없고……. 이런 걸 해본 적도 없고……. 제대로 할 수 있을지도 모르겠고……."

하루카는 책상 위에 놓아둔 지우개를 대굴대굴 굴리면서 우물우물 중얼거렸다. 그 모습을 보고 있자니 공연히 화가 나서 무심코 손바닥으로 책상을 내리쳐버렸다.

"—아아아아! 진짜 우물쭈물 시끄럽네—! 일단 사격 게임을 하고 싶은 거지?! 그럼 이제 그걸로 결정된 거네! 나도 준비하는 거 도울 테니까! 알겠어?!"

위압적인 목소리로 크게 소리치자, 하루카는 잔뜩 겁먹은 표정으로 "네……."라고 중얼거렸다.

하지만 나는 하루카의 대답만으로는 성에 차지 않아서 선생님을 돌아보며 단호하게 말했다.

"선생님은 지금 당장 돈을 찾아오세요! 그리고 표본은 경품으로 내놓을 테니까! 괜찮으시죠?"

"뭐—?! 잠깐, 아무리 그래도 그건 너무 하잖아! 저게 얼마짜리라고 생각—."

"……이사장님."

"좋아 알았어! 네가 말한 대로 하자! 우와— 흥분되는구나!"

선생님은 바로 상쾌한 미소를 지으며 그렇게 말했다. 이미 나뿐만이 아니라 하루카도 선생님의 속물근성에 차가운 시선을 던지고 있었다.

—시계를 보니 벌써 조례가 시작된 지 30분 이상 지나서 1교시도 중반을 지난 참이었다.

우리 학교는 기본적으로 학교 축제 일주일 전부터는 수업을 하지 않고, 대신 그 시간에 각 반 실행 위원의 지휘 아래서 준비 작업을 한다.

1교시는 어떤 반이든 조례를 하겠지만, 2교시부터는 각 반의 학생들이 교내 이곳저곳에서 준비 작업을 시작하겠지.

원래대로라면 하루카와 나는 자습을 할 예정이었지만, 학교 축제에 참가하기로 결정한 이상 우리도 작업을 진행해야 한다.

"그렇다고는 해도 『사격 게임』인가……. 뭐부터 준비해야 할까……."

　조금 전 하루카에게 "그럼 하자!"라고 기세 좋게 말했지만 진짜 문제는 따로 있었다. 앞으로 일주일 안에, 게다가 단 둘이서 「사격장」을 준비하는 것이 가능할까.

　경품 쇼핑은 물론 경품을 늘어놓을 선반 제작과 코르크 총 준비 등, 필요한 작업을 들자면 끝이 없다.

　대도구 제작은 기술실과 미술실도 사용해야 하는데, 사전에 사용 신청을 받았으니 이미 예약이 꽉 차 있겠지.

　"저, 저기…… 역시 무리일 것 같으면 다른 걸로 하지 않을래?"

　"안 돼! 무리라고 말한 시점에서 무리한 일이라고 정해지는 거야! 너도 하고 싶다고 말했으면 뭔가 궁리를 좀 해봐!"

　하루카는 다시 흠칫 놀라서 허둥지둥 팔짱을 끼나 싶더니 눈을 감고 끙끙대며 머리를 굴리기 시작했다.

　확실히 맨 처음에는 이 녀석의 아이디어였지만, 나는 이미 「모두와 함께 왁자지껄 서로 뭉치기만 하는 안이한 녀석들과는 다르다.」는 사실을 보여주고 싶은 마음으로 가득했다.

　어차피 할 거라면 어중간한 것은 하고 싶지 않다. 평소부터 온라인 게임으로 충분히 단련해온 향상심이 이곳에서 불타오르기 시작했다.

"아무리 생각해도 대규모 선반을 만드는 것은 무리겠지. 선생님, 혹시 취미로 목공 일을 하신다든가……."

"오! 목공 일은 해본 적도 없다!"

"—그럴 거라 생각했어요. 그렇게 되면 나랑 하루카 둘이서 만들어야 되니까……."

"어, 어이 어이 잠깐 기다려! 확실히 목공 일을 취미로 하지는 않는다만, 그래! 나는 프로그래밍 같은 일이라면 꽤 쓸 만하다고!"

선생님은 엄지로 자신을 척 가리키며 오타쿠 중에 흔히 있는 참으로 성가신 「나, 다른 분야에서는 굉장한 사람이니까 오라」를 풍겼다.

"아…… 그러세요. 흐음. 그럼 방해되니까 연애 시뮬레이션 게임이라도 만들어주세—."

상대 하는 것도 귀찮아져서 적당히 맞장구를 치려고 했을 때, 예상조차 하지 못했던 생각이 머릿속에서 떠올랐다.

대도구를 만들 수 없는 이 상황.

경품은 진귀한 바닷물고기 표본 하나뿐.

목표는 최고로 재미있는—『사격 게임』.

도박이기는 하지만, 어쩌면 일주일 이내에 만들 수 있을지도 몰라.

정신이 들어보니 나는 다시 덜컹! 소리를 내면서 의자에서 일어나 있었다.

"우와! 자, 잠깐 기다려, 타카네! 장난쳐서 미안하다. 원만하게 가자! 폭력으로는 아무것도 해결할 수 없어! 분명 아직 뭔가 방법이 있을 거야……!"

그 기세에 놀란 선생님은 손을 앞으로 내밀며 흔한 사망 플래그 같은 대사를 내뱉었다.

하루카는 옆에서 고민하는 척하면서 완전히 졸고 있었던 모양이다. 깜짝 놀랐는지 덜커덩 큰 소리를 울리면서 의자에 앉은 채로 바닥에 넘어졌다.

"좋은 생각이 떠올랐어요! 사격 게임을 할 수 있을지도 몰라요!"

"어? 아, 오— 사격 게임 말이지. 하지만 준비만으로도 상당히 힘들걸? 아까도 말했지만 나는 선반도 못 만드니까 말이다……."

"아, 그런 능력은 이제 전혀 기대 안 해요. 그게 아니라, 프로그래밍 할 수 있으시죠? 선생님……?"

내가 히죽 웃자, 선생님은 어떤 의미인지 알았는지 파랗게 질렸다.

"무, 무슨 일 있었어……? 타카네."

바닥에 주저앉은 채로 의자 뒤에서 나에게 말을 거는 하루카의 얼굴에는 침을 흘린 자국이 선명했지만, 아무 말도 하지 않기로 했다.

"후후후…… 사격 게임을 할 수 있을지도 몰라. 너, 그림 잘 그리지……?"

"히익……!"

나는 생긋 미소를 지었지만, 하루카는 협박을 당한 것처럼 겁에 질린 표정을 지었다. 왜 여기에 있는 남자들은 이렇게 한심한 걸까.

하지만 지금은 한심해도 상관없다.

……앞으로 마음껏 부려먹을 테니까.

"어, 어이 타카네……. 혹시 네가 말하는 『사격 게임』이라는 것은……."

그 표정으로 보건대 아마 선생님은 이미 내가 무슨 생각을 하는지 알아차렸겠지.

여하튼 이 「사격 게임」을 실현하기 위해서 선생님이 해야 할 작업량은 터무니없이 많으니까.

"후후후…… 맞아요. 진짜 톱을 쓰는 법은 몰라도 『사격 게임』이라면 만들 수 있지요? 캐릭터나 배경은 하루카가 그리면 되고, 그거라면 경품도 하나만 있으면 돼요."

그렇게 말하자 선생님은 "역시……."라고 말하는 듯이 어깨를 축 늘어뜨렸다.

혼자서 게임 하나를 만들게 되면 작업할 것이 어마어마하게 많겠지.

하지만 선생님은 이제껏 자기 마음대로 일을 적당히 처리해왔다. 그것을 감안하면 오히려 부족할 정도다.

"어……? 게임을 만드는 거야?! 지금부터?!"

평소 무사태평한 하루카도 이번에는 놀랐는지 드물게 뜨거운 반응을 보였다. 하지만 하루카가 놀라는 모습에서는 선생님과 다르게 기대감이 묻어났다.

"그래. 게임에 나오는 모든 그림을 하루카가 그릴 수 있어. 의욕이 샘솟지?"

그렇게 말하자 하루카는 고개를 세차게 끄덕였다. 평소에는 상상할 수 없을 정도로 밝은 표정이라서 지금까지와는 인상이 전혀 다르게 보였다.

"꽤 힘들겠지만 기운 내. 뭐, 대부분은 선생님이 어떻게든 해주시겠지만."

"뭐—?! 역시 내가 하는 거야?! 너 게임 한 편을 만드는 데 얼마나—."

"이사장……."

"온 힘을 쏟아붓자! 멋진 작품을 만들자꾸나!"

선생님은 더할 나위 없이 상쾌한 표정으로 엄지를 세웠다.

이 『이사장님』이라는 주문은 매우 편리하다.

앞으로 보낼 학교생활에서도 틀림없이 신세를 지게 되겠지.

"하지만 신경 쓰이는 게 하나 있는데, 『경품이 하나만 있어도 된다.』라는 말은 무슨 소리야? 아무리 그래도 게임을 깨는 사람이 몇 사람이나 될지는 우리가 파악할 수 없잖아. ……그렇다고 해서 아무도 깰 수 없을 정도로 터무니없는 난이도로 설정하면 원성이 쏟아질걸?"

"그 점은 걱정하지 마. 게임은 스테이지를 깨는 게 아니라 포인트를 득점하는 형태로 만들어주세요. 그리고 2인용 게임으로 만들어주시고요."

"그렇게 만들 수야 있지만……. 그보다 너 설마……."

"맞아요! 제가 대전 상대가 돼서 도전자와 저, 둘 중에 누가 더 많은 포인트를 얻는지 승부할 거예요. 이런 여자아이가 상대라면 난이도를 문제 삼는 사람은 없겠죠?"

선생님은 조금 전에는 파랗게 질리더니, 이번에는 어이없다는 표정을 지었다. 조금 전까지 내가 선생님을 보며 지었던 표정이었다. 통쾌했다.

"타카네가 싸우는 거야? 하지만 한 번이라도 지면 그 뒤로 경품은 없는 거지?"

"그 뒤라는 건 없어. 나는 지지 않을 테니까! 학교 축제가 끝나갈 무렵에 한 번만 지면 분명 분위기도 불타오를 테고, 그런 부분은 내가 조절할게."

하루카는 내 말을 듣고 무척 불안해 보이는 표정을 지었다. ……그야 그럴 만도 했다.

게임을 하는 동안에 무슨 일이 일어날지 모르고, 만에 하나 질 수도 있다.

만약 내가 지게 돼서 유일한 경품인 「진귀한 바닷물고기의 표본(비쌈)」이 없어지면 이벤트는 그 자리에서 끝난다. 그렇기 때문에 이것은 상당한 도박이다.

다만, 나에게는 이 녀석에게 말하지 않은 『특기』가 있다.

……아니, 솔직하게 말하자면 절대로 밝히고 싶지 않다. 하지만 나는 그 특기 덕분에 이 도박에서 이길 거라는 확신이 있었다. 단지 절대로 말하고 싶지는 않지만—.

"아— 하루카, 이 녀석은 말이다. 인터넷에서는 엄청난 유명인이야. TV 광고에서 나오는 게임 있잖아? 좀비를 마구 쏘는 녀석."

"아, 본 적 있어요. 온라인 게임 말이죠……? 분명 얼마 전에 대회도 열리지 않았나……."

"오— 그래 맞아. 이 녀석이 그 대회에서 전국 2위를 했어."

내가 머릿속에서 혼잣말을 하고 있었던 찰나의 순간, 선생님에게 설마 했던 커밍아웃을 당했다.

"꺄아아아아아아! 왜, 왜, 왜, 왜 말하시는 거예요?! 아,

아, 그게 아니라……!"

좀비를 마구 죽이는 체감형 온라인 슈팅 게임 『DEAD BULLET —1989—』. 1년 정도 전부터 서비스를 시작한 뒤로 많은 유저에게 뜨거운 반응을 얻어서 지금은 일본 굴지의 온라인 FPS로 성장한 게임이다. 하지만 나는 서비스 개시 후 약 네 시간 만에 톱랭커의 꼭대기까지 올라간 헤비유저였다.

나는 서비스 초기부터 독자적인 플레이 스타일로 활약해서, 지금은 수백 명 규모의 팬·커뮤니티까지 생길 정도로 이름을 날렸다. 하지만 교우 관계가 좁아서 이 사실을 아는 사람은 선생님 딱 한 명뿐이었다. —조금 전까지는.

생각이 짧았다. 현실 세계에서 같은 게임을 공유할 수 있는 동료를 찾아서, 무심코 중요한 이야기를 나눌 수 있는 선생님을 끌어들인 것이 큰 실수였다.

여고생이 다른 오락거리를 놔두고 심취하기에는 너무나도 남성적이고 그로테스크한 살육 게임. 그것이 『DEAD BULLET —1989—』였다.

솔직히 나라도 같은 또래의 여자아이가 이 게임에 빠져 있다면 꽤 정색할 수준이다.

그런 사실을 설마 유일한 동급생에게 들킬 줄은…….

"타카네, 대단하네! 전국 2위라니! 나 깜짝 놀랐어! 왜 이제껏 아무 말 안 했던 거야? 저기, 그 게임 재미있어?"

하지만 그런 내 갈등은 어찌 되었건, 하루카의 반응은 예상외로 호의적이었고 오히려 좀 더 알고 싶다는 듯 적극적으로 반응했다.

아니, 아마도 이 녀석은 이 게임의 본질을 잘 모르기 때문에 이런 반응을 보이는 것이다. 어떤 게임인지 알게 된다면 "우와ㅋ 여자애 주제에 그로테스크한 게임 중독자라니 무서워ㅋㅋㅋ 가까이 가면 안 되겠다ㅋㅋㅋㅋㅋ."라고 말할 게 틀림없다.

내가 하루카의 순수한 눈동자에 쩔쩔매자, 선생님은 갑자기 킬킬 웃더니 터무니없는 말을 꺼냈다.

"타카네, 잘 됐구나. 같이 게임할 친구를 찾고 있었잖아? 그 게임은 나랑은 조금 맞지 않았으니까, 하루카를 꼬셔서 같이하면 되겠네."

"네—?! 무, 무슨 소리를 하시는 거예요?! 애초에 저도 그렇게 자주 하지는……."

아니, 거짓말이다. 하고 있다. 어제는 졸려서 일찍 잤지만 기본적으로 집에 돌아와서 오후 네 시부터 다음 날 새벽 네 시까지는 대체로 이 게임에 들러붙어 있다.

그리고 눈앞에서 히죽히죽 웃고 있는 선생님도 내가 그렇다는 사실을 잘 알고 있었다.

"흐음~ 그 정도면 푹 빠져 있는 편이라고 생각하는데 말이지……. 네 이름이 뭐였더라, 아마 《섬광의 무……》."

"꺄아아아아아! 아아아아아! 정말 말할 거예요! 이사장님한테 말할 거예요! 전부 다! 괜찮죠?"

"아아아아아! 그것만은 그만둬! 알았어! 내가 잘못했어!"

책상을 덜컹덜컹 흔들며 함께 울부짖는 나와 선생님의 모습은 옆에서 보면 정말 우스꽝스럽겠지.

하지만 당사자인 우리에게는 목숨을 건 공방전이었다.

우리는 몇 초 동안 말없이 서로를 계속 노려보았다. 하루카가 "지, 진정하……." 하고 말을 걸려던 순간, 이 교착 상태를 타개하듯이 수업 종이 울렸다.

"……하아. 이, 일단 서로 입을 다무는 것으로 합의하자."

"네. 그게 가장 좋을 것 같네요……. 알고 계시죠? 혹시 이 이상 말하면……."

"그건 너도 마찬가지다. 너야말로 이사장님에게 말하면……. 알지……?"

"……알았어요. 이번 일은 저만 알고 있을게요……. 하지만 정말 이 이상은 용서하지 않을 테니까요……."

「오늘은 이 정도로 해주겠어!」라고 말하는 듯한, 도저히 학생과 교사의 대화라고는 생각할 수 없는 협상을 끝으로 1교시 조례 시간은 끝났다.

"그럼……. 아~ 뭐, 나에게도 책임은 있으니까 어떻게든 만들어볼까. ……그러므로 다음 시간도 계속해서 여기서 회의한다. 화장실만 다녀와라~."

선생님은 그렇게 말하면서 출석부를 손에 들고 머리를 긁으며 교실 밖으로 나갔다. 잠깐 열렸던 문 저편에서는 학생들의 발소리와 즐거워 보이는 이야기 소리가 들려왔다.

"후우……. 어떻게든 되려나……."

긴장이 풀려서 책상에 납죽 엎드리자 옆에 앉아 있는 하루카와 눈이 마주쳤다.

"……왠지 터무니없는 소리를 해버렸지만, 타카네 덕분에 굉장히 즐거워질 것 같아……! 분명 어떻게든 될 거야! 나도 열심히 할게!"

그렇게 말하고 작게 파이팅 포즈를 취하는 하루카의 웃는 얼굴을 보고 있으니, 왠지 모르게 갑자기 볼이 뜨거워지는 것 같았다. 분명 온라인 게임을 한다는 사실을 들켜서 부끄러웠기 때문이겠지.

―나도 살짝 웃었다.

그리고 내가 언제부터인가『학교 축제를 열심히 준비하려는 타입의 여자아이』가 되어버렸다는 사실을 깨달았다. 내가 지은 웃음도 분명 쓴웃음일 것이다.

"……하지만 의외로 재미있네."

나는 그렇게 작게 중얼거리고, 분에 넘칠 정도로 즐거워
보이는 학교 축제 준비에 대한 계획을 머릿속으로 떠올리고
있었다.

헤드폰 액터 Ⅱ

←───────────────────────────────

　내가 지금까지 인생을 살아오면서 이처럼 세차게 흔들리는 풍경을 본 적이 있을까.
　한 발 디딜 때마다 신호등이 터지고 건물은 흔들흔들 출렁거렸다.
　잇따라 새로운 공기가 들어오고, 숨을 내뱉을 때마다 내 몸은 바람을 갈랐다.

　사거리는 사람으로 북적거렸다.
　이미 신호등과 표지판은 그 의미를 잃었고, 질서를 잃은 차도에는 각양각색의 차가 난잡하게 버려져 있었다.

　뭔가를 외치는 사람.
　누군가를 때리는 사람.

모두 똑같이 파랗게 질린 표정으로 세계의 종말을 한탄했다.

갓난아기의 울음소리가 들려와서 순간, 발을 멈출 뻔했다.

『안 돼. 이곳은 이제 앞으로 12분이 지나면 멸망할 거야. 이제 돌아보면 안 돼……. 자, 다음 신호등에서 왼쪽으로 꺾어.』

헤드폰에서 들려오는 목소리는 바깥세상과 대조적으로 조용히, 그저 담담하게 내가 나아갈 길을 알려주었다.

헤드폰 속 목소리가 말하는 대로 인파를 헤치며 달려 나갔다.

이제까지 이렇게 전속력으로 달린 적이 도대체 몇 번이나 있었을까.

나는 어린 시절부터 과보호를 받으며 자란 탓에 밖에서 뛰어다닐 수 없었다.

그것은 내가 이유도 없이 돌연히 의식을 잃는 병을 앓고 있었기 때문이다.

자주 나타나는 증상은 아니었다.

단지, 나는 항상 쓰러지는 순간을 기억하지 못했다.

기억나는 것은 눈을 뜬 이후의 일뿐.

마치 긴 꿈을 꾸었던 것처럼 쓰러지기 이전의 기억이 군데 군데 사라져버린다.

사람의 무리를 헤치고, 좁은 골목길을 빠져나와서 큰길로 뛰어나왔다.

『여기서 오른쪽으로 돌아! 앞으로 1분밖에 남지 않았어 ……!』

헤드폰 속에서 들려오는 목소리가 점점 초조한 빛을 띠기 시작했다.

다리가 쑤시는 것도 아랑곳하지 않고 힘차게 오른쪽으로 돌아간 순간, 등 뒤에서 뭔가 쇳덩어리가 세차게 부서지는 듯한 소리가 들렸다.

계속해서 들려오는 비명 소리에 자꾸만 뒤돌아보고 싶어지는 충동이 솟아올랐다.

『……빨리! 만나야만 하는 사람이 있잖아?! 그러니까…….』

숨이 차오르고 폐가 터질 듯한 감각과 함께 의식이 몽롱해지기 시작했다.

또 의식을 잃어버리는 것일까.

그러고 보니 맨 마지막에 의식을 잃었던 것은 언제였더라.

······나는 아무것도 떠올릴 수 없었다.

왜 이런 일이 일어났는지도
내가 누구를 만나러 가고 있는지도······.

그래도 나는 이 앞에 매우 중요한 것이 있는 듯한 기분이
들었다.

그 마음이, 그저 발을 앞으로 나아가게 했다.

—앞을 바라보니, 목적지인 그 언덕이 벌써 눈앞으로 다
가왔다.

해 질 녘 예스터데이 Ⅱ

"굉장해……. 저 아이 벌써 서른일곱 명이나 이겼어……."

"아니, 소문에 의하면 저 아이 『DEAD BULLET —1989 —』대회에서 전국 2위를 할 정도로 실력이 굉장한가 봐."

"……뭐? 그거 《섬광의 무희·에네》를 말하는 거야? 어쩐지 컨트롤이 예사롭지 않더라. 어이, 봐봐. 또 최고 점수를 갱신했어! ……근데 저 아이는 왜 우는 거야?"

아마 개교한 이래 최고이지 아닐까 싶을 정도로 과학실 분위기가 뜨겁게 달아올랐다.

나는 흐르는 눈물을 닦지도 못하고 필사적인 마음으로 컨트롤러를 잡고 있었다.

아무리 괴로운 일이 있더라도 한 번 컨트롤러를 잡은 이상 질 수는 없다.

이게 다 내 평소의 습관과 성격 때문이다. 이 상황은 이제 내 손을 떠난 일인지도 모른다.

대형 모니터에는 총을 쥔 손 모양 그래픽이 표시되고 있었다. 내가 움직이는 컨트롤러를 따라서 총구가 좌우로 움직이며 목표물을 조준하고 꿰뚫었다.

몬스터는 총에 맞을 때마다 "꺄아아아!" 하고 비명을 지르며 사방으로 흩어졌다. 등장하는 몬스터는 곰과 토끼를 닮은 깜찍한 캐릭터임에도 불구하고, 살점과 피가 튀는 장면이 너무 실감 나는 바람에 엄청 그로테스크한 장면을 연출하고 있었다.

"해냈어, 타카네! 또 이겼어! 아니, 지금은…… 에네라고 부르는 편이 좋을까?!"

하루카는 마치 코치처럼 내 옆에 쭈그리고 앉아서 눈을 빛내며 매우 기쁜 듯이 그렇게 말했다.

"으, 으…… 시끄……러워……. 바보오……."

나는 이미 말도 제대로 할 수 없을 정도로 흐느껴 울고 있었다. 하지만 주변 관객들은 그런 내 모습은 신경도 쓰지 않고 승리한 나에게 아낌없이 박수를 보냈다.

대전하고 있었던 밀리터리 풍 복장의 손님도 "황송합니다. 설마 이런 곳에서 《섬광의 무희·에네》님에게 한 수 배울 수 있을 줄은……! 영광입니다!"라고 말하며 나에게 뜨거운 경례를 붙였다.

입구 부근에서는 건장한 남자들이 "내가 도전을……!", "아니, 아니 내가……." 하고 다음 대전자를 정하기 위해서 소란을 피웠다.

　특이한 광경을 보고 점점 모여들기 시작한 학생과 소문을 듣고서 달려온 게임 플레이어들로 과학실에서는 이미 지옥 같은 장면이 펼쳐지고 있었다.

　"어째서 이런 일이이……."

　눈앞이 부옇게 흐려지더니 컨트롤러 위로 눈물이 뚝뚝 떨어졌다.

*

　학교 축제 당일. 사건의 발단은 몇 시간 정도 전으로 거슬러 올라간다.

　과학실 중앙에는 평소 공부하던 책상과 교탁이 철거되고 그 대신에 사격 게임의 부스가 떡하니 자리 잡았다.

　부스라고는 해도 형광 도료로 그림을 그려 넣은 천으로 긴 테이블 위를 덮고 테이블 위에 대형 모니터를 놓았을 뿐이다. 하지만 창문에 종이 상자를 붙여서 빛을 차단하고 어두운 교실에서 모니터와 형광 도료만이 빛나자 꽤 그럴싸해 보였다.

하루카의 그림 실력 덕분이기도 했지만, 도저히 급조한 것으로 보이지 않았다.

"드, 드디어 축제 당일이네……. 왠지 꿈만 같아. 정말로 완성하다니……!"

"응. 꽤 그럴듯하잖아……! 하루카, 정말 애썼구나! 그럼, 시작하기 전에 조금만 더 꾸며줘."

하루카는 바로 전날까지 게임을 제작하는 가혹한 스케줄로 드물게 눈 밑에 다크서클이 생겼다. 그와 대조적으로 나는 충분한 수면(열다섯 시간)을 취해서 눈 밑에 항상 달려 있었던 다크서클도 사라졌다. 드디어 시작되는 축제를 향해서 마지막 정리에 힘썼다.

하루카가 긴 테이블 밑에 놓인 컴퓨터 본체의 전원을 켜자, 선생님과 하루카가 혼신의 힘을 기울여서 만든 게임의 타이틀 화면이 모니터에 표시되었다.

차례차례 등장하는 봉제 인형처럼 생긴 몬스터를 쏘는 이 게임은 하루카가 『헤드폰 액터』라고 이름 붙였다.

처음에는 왜 이런 타이틀이 되었는지 알 수 없었다. 하지만 게임 종반에 나오는 「봉제 인형들을 조종하는 보스」의 모습이 나와 똑 닮아서, 「헤드폰을 쓴 나에게 조종당하는 봉제 인형(출연자)을 쓰러뜨려라」라는 의미라는 사실을 깨닫고 매우 짜증이 났다.

물론 그 직후에 하루카를 후려갈긴 것은 말할 것도 없다.

"이 게임 정말 악취미네. 왜 내가 나랑 싸워야 하는 거야?"

"아니, 타카네랑 겨뤄야 하는 사람들은 타카네를 쓰러뜨려야 하잖아? 그러니까 적은 타카네와 닮은 편이 좋겠다고 생각해서⋯⋯. 뭐, 타카네도 이 게임을 플레이한다는 사실은 완전히 잊고 있었지만⋯⋯."

"⋯⋯너는 왜 그런 부분에서 생각이 짧은 거야⋯⋯. 하지만 뭐, 이제 머리색도 바뀌고 나처럼 보이지는 않는다고 생각하지만."

라스트 보스인 「타카네 2호(선생님이 지음)」는 처음에 나와 같은 검은 머리에 외모도 나와 많이 닮았었다. 하지만 억지로 색상을 바꾸게 해서 지금은 새파란 머리카락의 2P용 캐릭터로 보였다.

"뭐, 백번 양보해서 이 디자인은 용서해준다고 쳐도, 왜 이렇게 그로테스크하게 만든 거야? 이렇게 만들 필요는 없잖아?"

타이틀 화면에서 시작 버튼을 클릭하고 게임을 시작하자 모놀로그가 흘러나왔다. 게임의 무대는 작은 마을인 모양으로, 이것도 하루카가 깊게 생각하지 않았는지 우리가 사는 마을과 몹시 닮았다.

총을 한 손에 들고 마을을 나아가면 크고 작은 다양한 귀여운 봉제 인형들이 차례차례 필사적으로 공격을 했다. 그

것을 하나하나 쏘아서 맞추면 되지만, 그때마다 화면이 「철퍽!」 하고 피로 물들어서 플레이하는 쪽은 엄청난 죄악감에 사로잡혔다.

"아, 이건 그거야. 타카네가 전에 말했던 게임을 참고했어! 타카네는 그런 느낌을 좋아하는구나 싶어서—."

그 말을 들은 순간, 손을 삐끗하는 바람에 원숭이 봉제 인형에게 물려서 게임 오버가 되었다.

화면 위에서 피가 줄줄 흐르고 게임 오버라는 문자가 표시되었다.

"너, 너 혹시 선생님에게 무슨 소리 들었어?!"

연일 계속되는 밤샘 작업 끝에 게임을 완성한 선생님은 "이사장님에게, 말 좀, 잘해줘……."라는 말을 남기고 침대에 쓰러진 모양이다.

하루카는 일주일 동안 선생님의 집에서 묵으며 게임을 만들었다고 했다. 그 사람이 하루카에게 여러 가지로 쓸데없는 말을 흘렸을 가능성은 충분하고도 남았다.

"아니, 선생님은 아무 말씀도 안 하셨어. 타카네가 예전에 했던 말을 기억하고 있어서 내가 직접 찾아봤어."

"뭐, 뭐야, 그럼 다행이다……. 아니, 그렇다고 해도 이 효과는 정말 어울리지 않는다고 생각해. 쾌감을 전혀 느낄 수 없는걸."

다시 처음부터 게임을 시작했지만 쏠 때마다 봉제 인형의 살점이 튀는 모습은 아무리 생각해도 이상하다. 좀비가 덮쳐 오는 편이 차라리 귀여워 보인다.

"아하하, 미안. 그래도 모처럼이니까. 타카네가 좋아하는 게임으로 만들어주고 싶어서……."

생각지도 못한 발언에 다시 손을 삐끗해서 이번에는 돼지 봉제 인형이 달려와 할퀴는 바람에 게임 오버가 되었다.

"따, 딱히 그로테스크한 걸 좋아하는 건 아니지만……!"

다시 게임을 시작하고 일부러 하루카 쪽을 보지 않으며 중얼거렸다.

"어?! 아, 미안 미안. 뭔가 피 같은 게 나오는 것을 좋아한다고 생각해서……. 하지만 잘 생각해보니, 타카네가 그런 것을 좋아할 리가 없네."

"하아……. 너 엄청난 착각을 했구나. 알겠어? 좋은 게임은 플레이했을 때 쾌감이 느껴지는 법이야. 주인공처럼 멋지게 세계를 뛰어다니면 좋겠다~. 이런 걸 동경해서 게임을 하는 거라고."

적어도 내가 생각하는 게임의 매력은 그렇다.

일상생활이 어떻든지, 게임 세계에서는 실력만 있으면 누구나 동등하게 영웅이 될 수 있다.

그것이 내가 게임을 좋아하는 가장 큰 이유였다.

"와~ 그렇구나. 나는 평소에 게임을 전혀 해보지 못해서 몰랐어. 아, 그럼 혹시 이 게임은 별로…… 재미없어?"

하루카가 주저주저하며 물었다. 나는 화면에서 눈을 떼지 않은 채, 튀어나온 고양이 봉제 인형의 미간에 총탄을 쏘고 나서 "뭐, 꽤 마음에 드는데." 하고 대답했다.

옆에서 휴우 하고 안도의 한숨을 쉬는 소리가 들려왔다.

어제 이 게임을 잔뜩 해봤기 때문에 10분 넘게 플레이를 하자 컨디션이 좋아졌다.

하루카의 방해로 게임 오버가 되었지만, 그 외에 실수하는 일은 전혀 없었다. 확실히 이 정도라면 다른 사람들과 겨뤄도 질 일은 없겠지.

맨 처음 플레이한 기록으로 제작자인 선생님의 「45000 점」이라는 최고 기록을 세 배 이상으로 뛰어넘으며 갱신한 것도 나에게 자신감을 주었다.

"이 정도라면 분명 걱정 없겠다! 타카네라면 누가 덤벼도 지지 않을 거야!"

"당연하지! 실력만큼은 자신 있으니까……. 그나저나 시간이 벌써 이렇게 됐어?! 앞으로 5분 뒤면 학교 축제가 시작될 거야! 하루카, 다른 준비는 다 됐어?!"

"아, 응. 괘, 괜찮아! 어제 언제든지 시작할 수 있도록 준비했으니까. 아— 그래도 긴장된다……."

조금 전까지는 평소처럼 여유로웠던 하루카였지만 막상 학교 축제 시작 시간이 눈앞으로 다가오자 초조해지기 시작한 모양이었다. 앉아 있던 의자에서 일어나 교실 안을 이리저리 돌아다니기 시작했다.

"뭐, 뭘 그렇게 긴장하는 거야! 난 절대로 지지 않을 테니 걱정하지 말라니까!"

"으, 응. 그야 그렇지만, 다들 재미있어할까……. 재미없으면 어떡하지……."

나도 시작하기 직전의 긴장감을 느끼고 있었다. 그러고 보니 예전에 개최된 대회에서도 비슷한 감각을 느꼈던 것을 떠올렸다.

하지만 이번에는 「내가 좋은 성적을 거둔다.」가 아니라 「손님을 얼마나 즐겁게 할 수 있는가.」라는 것이 중요한 포인트다.

어린아이부터 나이 든 손님까지……. 뭐, 게임의 내용이 이런 만큼 연령 제한은 어느 정도 있지만, 그래도 가능한 한 많은 사람이 차별 없이 즐길 수 있어야 한다.

선생님과 하루카가 완성한 이 게임은 물론 밸런스와 시스템은 아직 부족한 부분이 많지만, 솔직히 매우 재미있고 즐길 만한 게임이라고 생각한다.

내 일은 가능한 한 미소를 지으며 이 게임의 매력을 전달하고 손님들이 즐겁게 플레이할 수 있도록 애쓰는 것이다.

"괜찮아. 열심히 만든 게임이니까, 다들 재미있어할 거야!"

나는 불안한 듯이 이리저리 돌아다니는 하루카에게 그렇

게 말했다. 그때 시계 옆에 설치된 스피커에서 『학교 축제를 시작하겠습니다. 각 반에 있는 실행 위원의 지시에 따라 즐거운 이벤트로 만듭시다.』라는 안내 방송이 흘러나왔다.

그것을 들은 순간, 긴장되면서 내 심장이 고동쳤다.

하루카는 웅크리고 앉아서 "괜찮아, 괜찮아⋯⋯." 하고 주문을 외기 시작했다.

"잠깐, 이제 시작할 거야! 손님들이 올 테니까. 음⋯⋯ 교실 앞에 서서 안내해줘! 흥미를 보이는 사람이 있으면 잘 설명해서 데리고 오는 거야! 알겠어?!"

"아, 아아, 응, 응! ⋯⋯아, 알았어. 괜찮아, 괜찮아⋯⋯."

하루카는 그렇게 말하고 벌떡 일어서서 비틀거리는 발걸음으로 문 쪽으로 향했다.

그리고 그대로 쾅! 하고 문에 한 번 부딪쳤다. 하루카는 "으아아⋯⋯." 하는 소리를 내면서 교실 밖으로 나갔다.

"⋯⋯저 녀석, 정말로 괜찮을까."

조금 전 안내 방송이 나온 스피커에서 학교 축제용 배경음악이 흘러나오기 시작해서 드디어 축제가 시작되었다는 것을 알 수 있었다.

나는 분위기를 살리기 위해 과학실 스피커의 볼륨을 낮추고 불을 끈 뒤 하루카가 데려올 첫 도전자를 기다리기로 했다.

불을 끄자 교실 안은 모니터와 형광 도료에서 나오는 희미한 빛으로 감싸였다.

긴 테이블 앞에 나란히 놓인 의자 두 개 중에서 모니터 오른쪽에 있는 의자에 걸터앉아 계속해서 표시되는 타이틀 화면을 멍하니 바라봤다.

『헤드폰 액터』라고 표시된 화면 속에서는 타이틀 로고 안에 잿빛으로 구성된 거리가 이어져 있었다. 시간이 해 질 녘으로 설정되어 있는지 화면 위쪽의 빌딩 숲 사이로 짙은 보랏빛 하늘이 펼쳐져 있었다.

"아무리 그래도 악취미 같은 게임이네……. 선생님과 하루카가 내키는 대로 만들었겠지만, 이래서는 여자아이가 무서워하잖아."

하지만 하루카가 하는 일이다. 그런 것은 고려하지도 못하고 흥미를 보이는 여자아이가 있으면 내가 말한 대로 교실 안으로 척척 안내하겠지.

―아니, 이것은 조금 위험할지도 모른다. 만약 겁이 많은 여자아이가 안내를 받고 들어오면 어쩌지.

문을 열었을 때 가장 먼저 눈에 들어오는 것은 음습한 과학실에 설치된 잔인무도한 슈팅 게임이다.

그리고 대전 상대는 어두운 교실 안에 서 있는 음침하고 눈매가 사나운 나……. 아니, 나에 대해서 생각하는 것은 그만두자. 솔직히 침울해지기만 하고 개선책도 없다. 눈물이 나올 것 같다.

단지 나에 대한 것은 제외하더라도, 역시 여자아이나 어린아이에게는 조금 과격한 내용의 게임이겠지.

하루카에게 그런 부분을 잘 설명하도록 못 박아뒀어야 했을지도 모른다.

안절부절못해서 의자에서 일어선 순간, 교실 문이 열렸다.

몇 분 만이라고는 해도 갑자기 들어온 햇빛이 눈부셔서 손님의 모습은 실루엣만 보였다. 나는 잠시 당황했지만, 키로 봤을 때 아무래도 남성인 듯했다.

아무 말도 없이 있으면 실례이기 때문에 준비한 대로 게임을 설명하려고 했다.

"아, 어, 어서 오세요! 으음, 이 반에서는 사격 게임을 하고 있습니다! 저와 대전해서 이기시면 호화 경품을—."

"흥. 어떤 녀석일까 했는데 여자아이잖아. 차라리 문 앞에 서 있던 남자애가 쓰러뜨리는 보람이 있을 것 같다만."

그 남자는 온 힘을 다해 미소를 지으며 밝고 귀엽게 설명을 하고 있었던 나에게 그런 말을 툭 내뱉었다.

나는 상상도 못 한 말을 듣고 순간 무슨 일이 일어났는지 파악하지 못하고 굳어버렸다. 하지만 점차 이 남자가 호전적인 태도를 취하고 있다는 사실을 알 수 있었다.

"어…… 저, 그……."

애초에 나는 사람을 대하는 것이 서툴렀다. 첫인상이 최악인 탓도 있어, 내 심장은 단숨에 높이 뛰고 자연히 손이 떨리기 시작했다.

생각하고 있었던 영업 문구는 이미 새하얗게 날아갔다. 그래도 어떻게든 말을 꺼내려고 하자 입에서 기묘한 소리가 나왔다.

"이런— 아가씨 운이 나쁘네. 아는 친구네 학교에서 축제가 열린다고 해서 왔는데 여기가 재미있어 보여서 말이야. 이 녀석, 슈팅 게임 엄청 잘해. 경품을 전부 다 쓸어갈지도 몰라."

눈이 점차 빛에 익숙해지자 맨 처음에 들어온 남자 뒤에서 있는 실실 웃는 남자의 모습이 보였다. 아무래도 이 녀석들은 둘이서 같이 온 모양이다.

"저, 저기, 저도 최선을 다해 상대할 테니……."

등에서 땀이 줄줄 흘렀다. 그래도 나는 평정을 가장하며 웃는 얼굴로 그렇게 말했다.

이미 말하는 태도로 봤을 때 이 두 사람이 질 나쁜 손님이라는 것은 분명했다. 그래도 첫 손님이라는 사실에는 변함이 없었다.

아마 반 장난으로 학교 축제를 방해하는 것이 목적이겠지. 뛰어난 실력을 가지고 있다던 남자는 선글라스를 쓰고 있어서 표정을 알 수 없지만, 뒤에 있는 남자에게서는 그런 안 좋은 분위기가 느껴졌다.

"뭐, 됐어. 직접 만든 게임이라니 어차피 시시하겠지. 어차피 꼬마의 장난일 거야. 첫 판부터 경품이 없어지는 건 불쌍하다고 생각하지만, 이것도 사회 공부라고 생각하고 단념해라."

남자는 그렇게 말하고 내 옆을 지나 기세 좋게 도전자석에 앉았다.

"우와— 안됐다. 저 녀석 봐주지 않을 텐데……. 아가씨는 모를지도 모르지만 『DEAD BULLET —1989—』라는 게임의 전국 대회에서 준결승까지 올라갔거든! 그 밖에도 많은 대회에 나가는 모양이니까 분명 아가씨는 손도 못 쓰고—."

거기까지 말한 그 녀석은 주절주절 시끄럽게 떠들던 말을 멈추고 "힉." 하고 작은 비명을 질렀다.

내가 영업 스마일을 지우고 기세가 등등해졌기 때문일지도 모르고, 너무나도 주절주절 떠들어서 혀를 씹었기 때문일지도 몰랐다.

"타, 타카네……."

문득 익숙한 목소리가 한심한 소리를 내는 것이 들렸다. 하루카가 문 저편에서 눈물이 그렁그렁한 눈으로 이쪽을 들여다보고 있었다. 하루카는 아마도 이 남자들에게 잔뜩 놀림 받은 모양인지 완전히 겁에 질린 표정이었다.

나는 손짓으로 「문 닫아.」라는 신호를 보냈다. 하루카는 순간 주저했지만, 어렵게 짜낸 듯이 "힘내……!"라는 말을 남기고 천천히 문을 닫았다.

나는 문이 닫히는 것을 확인하고 다시 어두워진 교실에서 부스가 있는 쪽으로 걸어갔다.

무뚝뚝한 남자가 앉은 자리 옆의 내 자리에 걸터앉아서 타이틀 화면이 표시되는 모니터 쪽으로 몸을 돌렸다. 나는 한 번 더 설명을 시작했다.

"그럼 마지막으로 확인하겠습니다. 이 게임은 포인트를 겨루는 사격 게임입니다. 더 많은 적을 쓰러뜨린 쪽이 이기게 됩니다. 난이도는 어떻게 설정하시겠습니까?"

"당연히 최고난이도지."

"그렇습니까. 알겠습니다. 그럼—."

타이틀 화면에서 선택 버튼을 누르고 난이도를 「엑스트라」로 설정했다.

이 난이도는 선생님이 "만점 받는 녀석이 있다면 그 녀석은 괴물이다."라고 말할 정도로 어려웠다.

"어이 어이. 잠깐 아가씨, 알고 있겠지만 속임수는 쓰면 안 돼!"

어느샌가 무뚝뚝한 남자 뒤에 서 있던 수다쟁이 남자가 조금 전보다도 더 위협적인 말투로 말했다.

확실히 신경 쓰이는 부분이겠지. 우리가 내 쪽의 스테이지만 난이도를 바꾸거나, 포인트를 속이는 일은 하려고만 하면 얼마든지 할 수 있다.

"물론 사기를 치진 않습니다. 의심스러우시면 저와 자리를 바꾸시겠어요? 포인트를 겨루는 게임이니까 어느 자리에서 이기시더라도 상관없습니다."

내가 그렇게 말하자 무뚝뚝한 남자는 "이대로 해도 상관없으니까 빨리 시작해."라고 중얼거리고 선글라스를 벗었다.

"……그럼 시작합니다. 잘 부탁드려요."

컨트롤러를 한 번 강하게 쥐었다 힘을 뺀 뒤…… 다시 잡았다. 나는 절대적인 확신을 주는 그 감촉을 확인하고 게임의 시작 버튼을 클릭했다.

적 몬스터가 순식간에 넘쳐 나와 화면을 가득 메웠다. 대전 모드의 제한 시간은 2분. 그 사이에 많은 적을 쓰러뜨린 쪽이 승자가 된다.

싱글 모드와의 차이점은 단 두 가지였다. 적의 공격을 맞아도 게임 오버는 되지 않고 그 대신 한동안 움직일 수 없다는 점과 보너스 아이템을 파괴하면 대전 상대의 화면에 피를 뿌려서 방해할 수 있다는 점이었다.

그 이외는 마찬가지로 「나오는 몬스터를 쓰러뜨릴 뿐」이라는 지극히 단순한 게임이었다. 하지만 오히려 그렇기 때문에 플레이어의 역량이 현저하게 드러나는 구조였다.

그렇다. 이 게임은 결코 시시하지 않다.

나는 이 게임을 깔본 이 남자를 철저하게 쓰러뜨려야만
했다.

게임을 시작한 지 1분 30초. 내 대전자인 무뚝뚝한 남자
는 이미 아무리 몸부림을 쳐도 돌이킬 수 없을 정도로 나와
점수 차가 벌어졌다.

화면에서 눈을 뗄 수 없어서 표정을 확인하지는 못했지
만, 그렇게 호언장담해놓고 이 모양이다. 대략 짐작이 간다.

나는 지극히 냉정하게 눈앞에 나타나는 적을 파악했다.
하지만 상대방에게 방해 아이템을 쓰는 일 없이 한결같이
적만을 계속해서 쏘았다.

게임 종료를 알리는 버저가 울리고 결과 발표 화면이 표시
되었다.

하지만 무뚝뚝한 남자는 이미 엄청난 차이로 진 것을 알
고 있는지 멍하니 컨트롤러를 바라보고 있었다. 뒤에 서 있
던 남자도 그저 입을 벌리고 멍하니 있었다.

당연하다. 그렇게 많은 적을 한 치의 흐트러짐도 없이 계
속 쏘는 것은 게임 시스템의 문제가 아니라 단순히 실력의
문제다.

더구나 플레이 도중에 컨트롤러에서 손을 떼고 일부러 적
에게 공격 받기까지 했으니 할 말이 없을 것이다.

"게임 종료입니다. 수고하셨습니다. 연속해서 도전하는 것
은 불가능하기 때문에 한 번 더 도전하고 싶으신 경우에는

30분 후에 와주세요."

내가 웃으며 그렇게 말했지만, 무뚝뚝한 남자는 여전히 "바보 같은…… 이 내가…….'라는 패자의 전형적인 대사를 내뱉고 있었다.

나는 "저…… 나가셔야 하는데……." 하고 퇴실을 재촉했다. 하지만 무뚝뚝한 남자는 일어서서 내 쪽을 향해 소리 질렀다.

"너, 너는 도대체 누구냐?! 이런 굉장한 실력을 가진 플레이어라니, 지금까지 본 적도 없어! 도, 도대체……!"

솔직히 이렇게나 진부한 대사를 들으면 슬슬 귀찮아진다.

나는 "연습을 많이 해서……." 하고 적당히 얼버무려서 상대를 얼른 추켜세워 주려고 했다.

하지만 결과 발표 화면이 밝게 표시된 모니터에 비친 내 얼굴을 보고 그 남자가 뒷걸음질 친 순간, 나는 커다란 실수를 범했다는 사실을 눈치챘다.

조금 전 수다쟁이 남자는 무뚝뚝한 남자에 대해서 "『DEAD BULLET —1989—』의 대회에서 준결승…….'이라는 말을 했다.

전국구에서 그 정도의 성적을 올렸다면 뭐, 대단한 실력이다. 분명 상당한 헤비유저일 것이다.

플레이하는 모습을 보면 실력도 그럭저럭 되는 모양이었으니, 그 말은 거짓말이 아니겠지. 아니, 하지만 지금은 거짓말이었으면 했다.

"다, 당신은…… 《섬광의 무희·에네》 씨?!"

—최악의 전개였다. 준결승, 게다가 이 지역 참가자라면 당연히 대회가 열린 회장에서 얼굴을 마주친 적이 있었을 것이다.

게다가 나는 대회 당일에 준비했던 마스크를 잃어버려서 맨얼굴로 플레이 했다.

나는 그 준결승전에서 훗날 《무희전설》이라고 불릴 정도로 좋은 성적을 올렸다. 게다가 큰 차이로 1위를 하며 결승전에 진출했기 때문에 이상할 정도로 눈에 띄었다.

다행히 준결승전은 TV 중계를 하지 않아서 안심하고 있었지만, 설마 이런 곳에서 이런 일이 일어나리라고는…….

조금 전에 안절부절 못했던 것을 무마해보려고 꽤 야무지게 폼을 잡고 있었지만, 이 급전개로 내 머리는 다시 새하얘졌다.

"어? 뭐, 뭐야. 이 아이 유명한 아이야?!"

"너, 유명 정도가 아니야……! 각종 대회에서 전설이라고 불리는 점수를 기록하고 그녀를 필두로 한 《섬광의 윤무 — 이터널 론도—》라는 그룹은 단체전 참가 팀 중에서도 톱3에 들어갈 정도의—."

"꺄아아아! 사람 잘못 보셨어요! 이제 그만하세요! 아니 이제 정말 나가 주세요오오!"

무뚝뚝한 남자가 가장 숨기고 싶은 내 비밀을 줄줄 떠들자 내 이성은 간단히 날아갔다.

"헉! 하, 하지만 조금 전 보여주신 플레이 스타일은 틀림없이 에네 씨의 특기라는 《몽환 원무 —홀리 나이트메어—》가 아닌지……!"

내장을 쥐어짜는 감각과 함께 얼굴에서 마그마가 솟아나올 것만 같았다.

지금 당장이라도 이 두 녀석을 드럼통에 넣어서 산속에 묻어버리고 싶다.

"사, 사람 잘못 보셨다니까요! 아, 아, 빨리 나가 주세요! 부탁이니까아아아!"

큰 소란을 피웠기 때문인지, 문이 기세 좋게 열리고 하루카가 걱정스러워 보이는 표정을 지으며 교실로 뛰어 들어왔다.

"타, 타카네! 괜찮—!"

"꺄아아아아! 너도 나가! 이제 됐으니까 빨리 전부 다 밖으로 나가—!"

내가 문을 가리키며 소리 지르자 하루카를 포함한 세 사람은 "네, 넵!" 하고 대답을 하고 허둥지둥 밖으로 뛰어나갔다.

나는 자신이 앉았던 의자에 다시 앉아, 어깨를 축 내려뜨렸다.

이것은 터무니없는 오산이다. 설마 이런 형태로 내 존재를 들키리라고는…….

저 무뚝뚝한 남자가 어쩌면 나중에 「조금 전에는 제가 무례를 범해서 정말 죄송합니다. 함께 겨룰 수 있어서 영광입니다…….」 같은 메시지를 보내지는 않을까.

아니, 할지도 모른다. 정말, 며칠 동안은 로그인하지 않는 편이 현명할지도 몰라.

―그보다 하루카가 문제다. 설마 방금 나온 이야기를 들었을 리는 없겠지만, 혹시 듣고 있었다면……. 그런 생각이 들자 토할 것 같았다.

충동적으로 지은 아이디와 이상한 충동으로 만들어버린 「의미를 알 수 없는 이름의 서클」은 솔직히 스스로도 부끄럽다고 생각한다.

게다가 주변에서 조용히 불리기 시작한 플레이 스타일 이름까지 들켰다면―.

"계정을 지우고 죽는 수밖에 없어……."

치욕스러워서 눈물이 뚝뚝 떨어졌다. 아무리 하루카라도 평소에 자신을 엄청 바보 취급했던 내가 중2병에 걸렸다는 사실을 알면 분명 질색하겠지.

하루카와 지금까지 쌓아온 친구 관계는 맥없이 무너지겠지. 실제로 나와 조금 거리를 둔 끝에 "아, 타카네 양. 좋은 아침입니다……."라고 말할 게 틀림없다.

더는 무리다. 최악이다. 애초에 왜 이렇게 타이밍 좋게 대회 참가자 같은 헤비유저가 이 학교에 왔는지. 운이 너무 나쁘다.

우선 하루카가 조금 전에 나온 이야기를 들었을 경우에 대비해서 변명할 말을 가능한 한 많이 생각해둬야 한다.

하지만 우연히 듣게 된 이야기만으로 자세한 내용과 이름까지는 알 수 없겠지.

아니, 분명 그럴 것이다.

틀림없다.

괜찮고말고.

"타카네, 괜찮아?"

"응. 괜찮아, 괜찮아. 으, 우와아아아아아아! 너, 너 언제부터 거기에—?!"

······내 생각에 너무 골몰했던 모양이다. 어느샌가 하루카가 바로 옆에 서 있는 것을 전혀 눈치채지 못했다.

"어? 언제부터냐니······. 『계정을 지우고 죽는 수밖에 없어.』라고 말할 때부터 있었는데."

얼굴이 순식간에 뜨겁게 달아올랐다. 내 혼잣말까지 들은 것이다.

더구나 계정에 대해 걱정하는 무척 부끄러운 내용······.

"아, 아니야! 계정이라는 건 저기, 그런거 있잖아? 친구랑 채팅 같은 걸 할 수 있는······!"

뭐가 아니라는 걸까. 하루카는 물어보지도 않았는데 고

개를 숙인 채 필사적으로 변호하는 내 모습은 명백하게 수상쩍어 보였다. 차라리 이제 누군가가 나를 산에 묻어줬으면 좋겠다.

하지만 하루카가 어떤 표정을 짓고 있을지 신경이 쓰여서 주뼛주뼛 고개를 들었다. 하루카의 눈동자에서는 어째선지 이글이글 불길이 타오르고 있었다.

"우와— 타카네 굉장해! 조금 전에 왔던 손님, 맨 처음에는 정말 무서운 사람이라고 생각했는데, 타카네랑 게임을 한 뒤에 나한테도 정중하게 인사를 하고 돌아갔어! 게임도 무척 재미있었대! 이건 분명 시합이 끝나고 서로를 인정했다는 거지!"

하루카는 갑자기 뜨겁게 이야기하기 시작했다.

조금 전 겁에 질린 말투와는 정반대로 스포츠맨십에 눈을 떴다고 말하는 듯한 씩씩한 말투였다.

하지만 나는 그런 하루카의 변화와는 상관없이 나에 대해 아무런 말도 하지 않아서 살았다는 안도감이 들었다.

역시 하루카는 듣지 못했던 것이다. 생각해보면 이 녀석이 귀 기울여 들을 리가 없다. 쓸데없는 걱정이었던 모양이다.

"흐음…… 그 사람들이 그런 말을 했구나. 그럼 이걸로 넌 더리가 나서 이제 함부로 굴지는 않겠지. 뭐, 내 손에 걸리면 이 정도는 누워서 떡 먹기지!"

"응! 뭔가 불안했지만 굉장히 즐거워! 타카네 덕분이야!"

그렇다. 확실히 예상하지 못한 일이 있긴 했지만, 뭐 결과적으로는 맨 처음에 온 손님을 무사히 즐겁게 만들었다는 이야기다.

게다가 저 정도 수준의 손님을 여유롭게 이겼다는 말은, 아마 전국 1위의 실력자라도 오지 않는 한 경품을 잃을 일은 없을 것이라는 얘기다.

결과만 보면 순조로운 출발이다. 저 두 사람은 이미 돌아갔다고 하니 이제 불안의 씨앗은 없어졌을 것이다.

과학실이 있는 위치로 봤을 때 바깥에 나온 부스에 비해 사람이 그다지 붐빌 일도 없고 조금 긴장을 풀고 손님을 기다려도 되겠지.

거듭되는 긴장 탓에 엄청 목이 말랐던 나는 승리의 술잔을 기울이듯이 책상 아래에 놓아두었던 스포츠 음료를 입으로 흘려 넣었다.

"타카네, 굉장해……! 그나저나 멋지네! 《섬광의 무희·에네》라니! 《몽환 원무 —홀리 나이트메어—》라는 기술, 나도 보고 싶다아!"

입속으로 흘려 넣었던 스포츠 음료는 위로 흘러들어가는 일 없이 공중에 흩뿌려졌다.

입속에 남아 있던 음료는 보기 좋게 호흡기로 들어가서 심한 사레에 들렸다.

"우와아아아! 타카네, 갑자기 뭐 하는 거야! 괘, 괜찮아?!"

하루카는 등을 쓸어줬지만, 가능하면 이제 이 자리에서 사라져줬으면 싶었다.

스커트는 흘러내린 스포츠 음료로 흠뻑 젖었다. 사레가 너무 심하게 들린 탓에 의식이 점점 흐려졌다.

차라리 이대로 죽어버리고 싶다.

"으으…… 하아, 하아……. 너, 너 그걸 어떻게, 그걸……!"

어떻게든 숨을 고르고 입을 손등으로 닦으면서 질문했다. 아니, 이제 와서 물어본들 이미 늦었을지도 모른다. 여하튼 이 녀석은 조금 전 한 글자 한 구절 틀린 부분 없이 내 아이디와 필살기(냉소)의 이름을 말하고 있었던 것이다.

"아, 조금 전에 왔던 손님이 말이지, 굉장히 흥분해서 타카네에 대해 말했거든. 왠지 나도 이것저것 들을 수 있어서 기뻤어!"

"아, 아아, 아아아……."

흘린 스포츠 음료를 닦지도 못하고 신음 소리를 내며 그저 고개를 숙일 수밖에 없었다. 끝난 것이다.

나의 학교생활이여, 잘 가라. 학교 축제는 그럭저럭 즐거웠지만, 솔직히 이제 지워버리고 싶은 기억이 되겠지.

"어, 어, 왜 그렇게 침울해하는 거야? 굉장하잖아?! 팬도 엄청 많을 정도로 유명인이잖아?! 왠지 갑자기 타카네가 멀게 느껴지는 것 같아~."

하루카는 다시 내 등을 쓸어주었지만, "멀게 느껴진다."라는 말이 가차 없이 가슴을 푹푹 찔렀다.

그렇다. 상식적으로 생각했을 때 평범한 여자아이와는 상당한 거리가 있다. 취미가 평범하게 쇼핑이라면 그나마 낫다. 그야말로 취미가 동아리 활동이라면 활발하고 멋진 여자아이겠지.

하지만 좀비를 마구 죽이는 게임의 헤비유저인 여자아이는 과연 어디에 매력이 있을까. 나는 전혀 모르겠다.

하루카는 이 입장을 착각하고 있으니까 이렇게 적당히 말할 수 있는 것이다. 분명 내 평소 생활을 알면 알수록 꺼려지겠지.

이제 더는 친구라고 생각하지 않을지도 모른다. 그렇게 생각하니 그저 무서웠다.

"음…… 타카네가 뭘 그렇게 걱정하는지는 모르겠지만, 나는 타카네가 어떻게 변하더라도 싫어하지 않을 거야. 그러니까 그렇게 침울해하지 마. 아, 맞다! 이번에 나한테도 알려줄래? 같이 게임하고 싶어! ……저기, 내 말 듣고 있어?"

하루카는 내 등을 쓸어주면서 그렇게 말했다.

이 녀석은 자각하고 있을까. 이렇게 부끄러운 말을 넉살 좋게 말해서 곤란하다. 아마 이 녀석은 누구나 이렇게 대하겠지. 겉과 속이 똑같다고 해야 할지, 순수하다고 해야 할지. 결국 단순한 녀석이다.

하지만 그렇기 때문에 「나를 싫어하지 않는다.」라는 말을 듣고 무척 안도감이 들었다.

그렇게 생각하니 나도 상당히 단순하다.

부끄러워서 그런 것인지 기뻐서 그런 것인지……. 왠지 모르게 눈물이 나올 것 같아서 하루카에게 대답을 할 수도, 하루카를 마주볼 수도 없었다.

"저~ 실례합니다! 게임 할 수 있을까요~."

별안간 문 저편에서 손님의 목소리가 들렸다. 그렇다. 아직 학교 축제는 막 시작했을 뿐이다. 멍하게 있을 때가 아니었다.

허둥지둥 눈물을 훔치고 나가서 손님을 맞이하기 위해서 문 쪽으로 향하려 했을 때 스커트가 흠뻑 젖었다는 사실을 깨달았다.

"으…… 아……."

육상 경기의 출발 자세처럼 굳은 내 옆을 하루카가 빠른 발걸음으로 지나쳐서 문을 열고 나갔다.

기본적으로는 뭔가 어긋나 있는 녀석인데 이럴 때만은 의외로 눈치가 빠르다.

나는 선반 위에 놓여 있던 티슈를 팍팍 뽑아서 스커트와 바닥을 서둘러 닦았다.

입에 머금고 있었던 음료수를 뿜었기에 양이 많지는 않아서 순식간에 다 닦았다.

티슈를 공 모양으로 뭉쳐서 교실 안에 있는 쓰레기통에 처넣고 아무 일도 없었던 것처럼 문 쪽으로 향했다.

하루카에게 이제 괜찮다고 알려주기 위해서 문을 살짝 열고 얼굴을 내밀었다. 문 앞에는 조금 전에 들린 목소리의 주인으로 보이는 중학교 2학년 정도의 남자아이가 서 있었다.

"아, 이제 괜찮아? 이 아이가 도전하고 싶은 모양이야. 이번에도 뜨거운 대전, 잘 부탁해!"

그렇게 말하는 하루카의 눈은 조금 전처럼 불타오르고 있었다. 스포츠 경기는 아니지만, 하나의 게임을 함께 즐기고 서로에게 향상심을 갖게 한다는 점에서는 확실히 스포츠맨 정신 같은 것이 존재했다.

「이 녀석 의외로 잘 알고 있잖아.」 하고 내심 기뻐하며 나도 다음 대전을 향한 투지를 불태웠다.

"아, 누나가 대전할 사람? 잘 부탁드립니다."

도전자로 보이는 검은 파카를 입은 갈색 머리 소년은 시원시원한 태도 속에 어딘가 꿍꿍이가 있어 보이는 미소를 지으며 고개를 꾸벅 숙였다.

"아, 넵! 이쪽이야말로 잘 부탁드려요! 그럼 규칙을 설명할 테니 안으로 들어오세요!"

문을 활짝 열자 소년은 "멋져~!" 하고 감상을 말하면서 안으로 들어왔다.

"그, 그럼 열심히 하고 올게."

나는 변함없이 이글이글 불타오르는 하루카에게 그렇게 말하고 문을 닫았다.

"음, 그럼 규칙을 설명할게요! 이제부터 저와 저기 한가운데에 있는 게임으로 대전하겠습니다. 적을 많이 쓰러뜨려서 포인트를 많이 얻는 쪽이 승리입니다! 간단하죠?"

조금 전에는 불발로 끝난 필사적인 미소로 연상답게 설명을 했다. 이번에 온 손님은 지극히 평범한 모양이다. 아니, 맨 처음 온 손님이 너무 이질적이어서 그렇게 보이는 것일 수도 있지……

"헤에~ 재밌을 것 같아! 저 사람은 게임에 참가하지 않는 모양이지만……. 키도, 어떻게 할래? 해볼래?"

"그치, 그렇게 보이지? ……응? 키도? 윽, 히익!"

나와 마주 보고 생글생글 웃으며 설명을 듣고 있었던 소년이 갑자기 옆을 보며 말을 걸었다.

순간 소년이 무엇을 하고 있는 것인지 알 수 없었다. 하지만 소년이 말을 걸고 있는 곳을 본 순간, 터무니없는 광경이 눈에 들어왔다.

분명 조금 전까지 눈앞에는 소년뿐이었다.

하지만 지금 이곳에는 소년과 비슷한 키에 후드를 쓴 아이가 서 있었다.

어두워서 표정은 잘 보이지 않지만 "응." 하고 중얼거린 그 목소리는 분명히 소녀의 목소리였다.

"아, 어, 어어어떻게 된······."

나는 너무 놀란 나머지 다리에 힘이 들어가지 않았다. 조금 전 복도에서 이야기를 나눴을 때도, 교실 안으로 안내했을 때도 이런 소녀는 없었다.

이 교실은 문으로만 들어올 수 있다. 그렇게 생각하면 분명 소년이 들어올 때 같이 들어왔겠지만······. 나에게는 이 소녀가 갑자기 나타난 것처럼 보였다.

"누나 괜찮아요? 아, 이 애라면 아까부터 계속 있었어요. 조금 존재감이 약한 아이라 눈치채지 못하는 경우가 많아서······. 아야!"

존재감이 약하다는 말에 화가 났는지 소녀가 소년의 옆구리를 힘껏 때렸다.

하지만 아무리 존재감이 약하다고 해도 이렇게 눈치를 못 챌 수 있을까. 적어도 지금까지 살아온 인생에서 이런 위화감을 맛본 적은 없었다.

─혹시 유령 같은 것은······. 그런 생각이 머리를 스쳤다.

하지만 그쪽이 훨씬 더 비현실적이다. 나는 유령이니 사념체이니 초자연 현상을 전혀 믿지 않는 부류라서, 「어쩌다 보니 못 보고 지나쳤다.」라는 편이 납득하기 쉬웠다.

"⋯⋯빨리 시작해주실래요?"

"힉⋯⋯! 아, 네! 그럼 안쪽 자리에 앉으세요⋯⋯!"

하여간 소녀의 정체가 무엇이든 빨리 끝내버리는 것이 상책이다.

만약 유령이었다고 해도 위해만 가하지 않으면 별일 없을 것이다.

⋯⋯저주 같은 건 아마 없으리라 생각한다.

단지 혹시라도 소녀가 컨트롤러도 잡지 못하고 공중에 떠워서 컨트롤러를 조작한다면, 그때는 도망치자. 나는 잘 알수 없는 느낌으로 자신을 설득하고 대전하는 자리로 향했다.

소녀와 함께 자리에 앉았지만 심장은 여전히 두근두근 빠른 속도로 뛰었다.

주뼛주뼛하며 소녀 쪽을 힐끗 보니, 모니터에서 나오는 빛으로 소녀의 얼굴이 희미하게 보였다.

하얗고 고운 피부에 긴 머리. 눈매는 좀 사납지만 틀림없이 미인으로 자랄 것 같은 단정한 이목구비였다.

하지만 빛이 비치는 각도 때문에 지금은 표정이 몹시 무섭게 보였다.

나는 평상심을 잃지 않도록 서둘러서 게임을 시작하기로 했다.

"아, 저, 저기 아까 설명한 대로, 포인트를 겨루는 슈팅 게임입니다. 저보다 많은 점수를 얻으면 호화 경품을 드립니다! 그럼, 그, 그 난이도는 어떻게 하시겠어요……?"

"……보통으로."

"아, 네! 그렇겠죠! 죄송해요! 좋~아. 그럼 시작하효!"

마지막 말을 하다가 발음이 새버리자 소녀의 등 뒤에 있던 소년이 쿡쿡 웃었다.

그 모습을 보고 순식간에 자신이 부끄러워졌다.

다양한 생각이 소용돌이쳤지만, 아무튼 게임을 빨리 끝내는 것에만 전념하기로 했다.

난이도를 노멀로 설정하고 타이틀 화면에서 시작 버튼을 누르자, 화면 여기저기에 적들이 나타나기 시작했다.

이 모드는 조금 전에 플레이했던 엑스트라 모드에 비하면 적의 숫자가 현저하게 줄어서 얻을 수 있는 포인트도 많이 낮았다.

내 느낌으로는 엑스트라 모드에 비해서 돼지 봉제 인형이 압도적으로 많이 나왔는데 아마 이 모드의 특징인 모양이었다.

게임이 시작한 지 1분이 지났다.

소녀의 플레이는 별다른 특징 없이 매우 평범한 일반인 수준이었다.

1회전부터 그 정도의 실력자와 엑스트라 모드를 플레이했던 나에게는 조금 긴장감이 부족한 싸움이었다. 하지만 평범한 여자아이의 실력이라면 보통 이 정도겠지.

때때로 "꺅!" 하고 귀여운 목소리가 들렸지만 담담히 플레이 했다.

만약 "우왕— 이거 엄청 어려워~. 정말 짜증 나~.", "하핫 어쩔 수 없네. 좋아 좋아." 같은 소리가 시작되는 날에는 영업 스마일을 지우고 귀신처럼 무서운 표정을 짓게 되겠지. 그렇게 생각하면 플레이하기 매우 편했다.

하지만 게임이 끝날 때까지 30초를 남겨둔 시점에서 내 화면에 갑자기 이변이 일어나기 시작했다. 갑자기 눈앞에 나타났던 돼지 모양의 적이 사라지거나 총의 조준 마크가 없어지는 등, 이상한 버그가 발생하기 시작한 것이다.

"어, 어라……?! 고장났나……."

소녀의 뒤에 있던 소년은 "키도, 무서워하지 말고 힘내!" 하고 쿡쿡 웃고 있다.

그래도 나는 필사적으로 적을 쓰러뜨리려고 했지만, 적을 노리려고 해도 조준 마크가 사라져서 어떻게 할 수도 없었다.

이러저러하는 사이에 소녀와의 포인트 차이는 점점 줄어들었다. 설마 초반에 너무 격차가 벌어지지 않도록 적당히 했던 것이 해가 될 줄은……!

'위험해……!'

그렇게 생각한 순간, 게임 종료를 알리는 버저가 울려 퍼졌다.

필사적으로 플레이 하고 있었기 때문에 포인트가 어떻게 되었는지도 알 수 없었다. 나는 결과 발표 화면을 앞에 두고 기도하듯 눈을 감았다.

만약 이번에 내가 진다면 두 번째 손님에게 경품을 줘야 한다.

사격 게임 부스를 운영하기 위해서는 꼭 피해야만 하는 사태였다.

팡파르가 울려 퍼지며 결과 발표 화면이 표시되었다. 눈을 뜨고 주뼛주뼛 결과를 확인하자 불과 100포인트 차이로 나에게 「WIN」 마크가 표시되었다.

땀이 쭉 솟았다. 설마 게임 버그 때문에 이런 위기 상황에 빠질 줄은…….

그렇다 치더라도 선생 자식, 중요한 부분을 대충 만든 거 아닐까?

내가 그런 생각을 하고 있는데 옆에서 소년이 쿡쿡 웃는 소리가 들렸다.

"하하하, 키도, 져버렸네. 하지만 속임수를 써서 이겨도 별수 없잖아? 자, 누나에게 제대로 사과해야지."

화면에서 나오는 빛을 받는 소년에게 그런 말을 들은 소녀의 표정은 분해서 나오는 눈물을 필사적으로 참고 있는 것 같았다.

"……죄송해요."

조금 떨리는 목소리로 그렇게 말하더니 소녀는 의자에서 일어나서 부리나케 문 쪽으로 걸어갔다.

"잠깐, 속임수라니……? 게임의 버그 때문에 일어난 일이니까 저 아이는 아무 잘못도 없는데?"

그렇다. 누가 어떻게 보더라도 지금 일어난 현상은 눈속임 같은 것은 아니었다.

컴퓨터를 해킹한 것도 직접 방해한 것도 아니기 때문에 소녀가 뭔가 반칙을 할 여지는 없다.

내가 그렇게 말해도 소년은 여전히 생글생글 웃고 있었다.

"미안해요, 누나. 믿지 않을지도 모르지만 저 아이는 조금 전에 초능력을 사용했거든요. 조사해보면 알겠지만 기계는 고장 나지 않았고, 게임도 아무런 문제없어요. 다음에도 잘 쓸 수 있을 테니까 안심해요."

소년은 그렇게 말하고 소녀를 따라가는 것처럼 문 쪽을 향했다. 그리고 뒤돌아보지도 않고 복도로 사라졌다.

소녀와 소년이 복도로 나간 순간 "우와아아아!" 하는 하루카의 비명 소리가 들렸던 이유는 아마 나와 마찬가지로 소녀의 존재를 알지 못했기 때문이겠지.

나는 컨트롤러에서 손을 떼고 두 사람이 나간 문을 멍하니 바라보았다.

마치 여우에 홀린 듯한 감각에 사로잡혔다.

유령 같은 초능력 소녀와 계속해서 생글생글 웃는 소년…….

다른 사람에게 이런 이야기를 해도 "애니메이션을 너무 봤어." 하고 딱 잘라 버릴 만한 체험을 해버렸다.

예상대로 하루카는 교실로 우당탕 뛰어 들어와서 "조금 전 여자아이, 처음부터 있었어?! 나 전혀 눈치채지 못했는데!" 하고 역시나 예상했던 말을 했다.

"있었잖아……? 자, 봐봐……."

내가 가리킨 모니터에는 소녀가 싸웠던 증거이자 나와 접전을 펼쳤던 기록이 떠올라 있었다.

*

열두 시가 지나고 교내는 아침보다도 더 군침이 도는 냄새로 가득했다.

찻집과 노점 등, 음식을 파는 학급은 사람들이 가장 붐빌 때였다. 반면에 사격 게임을 운영하는 우리에게는 휴식 시간이었다.

나와 하루카는 함께 점심을 먹기 위해서 「오후 1시까지 쉽니다.」라고 적은 표찰을 걸고 어두운 과학실을 빠져나오기로 했다.

오전에는 결국 열 몇 명과 대전을 했지만, 그 소녀와 소년 이후에는 양심적인 일반 손님들의 은총을 입어서 아무 문제없이 점심을 맞이할 수 있었다.

"정말 한때는 어떻게 되는 게 아닌가 싶었어……. 맨 처음에는 솔직히 네가 터무니없는 손님만 골라서 데려오는 게 아닐까 하고 의심했는걸."

"뭐어?! 그, 그런 적 없어! 나는 단지 눈앞에 온 사람에게 우리가 뭘 하고 있는지 소개했을 뿐이고……."

준비 기간 중에는 파란색 시트와 종이 상자로 꽉 차 있었던 정면 현관 앞도 지금은 각 반이 준비한 노점과 가게들로 북적였다.

꼬치구이와 프랑크푸르트 소시지, 감자튀김에 야키소바 등등, 각양각색의 간판이 식욕을 자극했다.

하루카와 오전에 일어났던 일을 주절주절 떠들며 걷다 보니 교문 오른쪽에 구입한 음식을 앉아서 먹을 수 있는 공간을 발견했다.

"아, 저기서 점심 먹으면 되겠다. 매일 과학실에서 점심을 먹었으니까 가끔씩은……. 어이, 잠깐!"

"음? 으에?"

하루카는 언제부터인지 양손 가득 먹을 것을 끌어안고서 오징어구이를 맛있다는 듯이 볼이 미어지도록 먹고 있었다.

"……저기 말이야. 너 협조성 같은 건 없는 거야? 나도 같이 둘러보려고 했는데……. 그보다 언제 산 거야?!"

"음. 푸핫! 아, 미안, 미안. 너무 맛있어 보여서 그만 나도 모르게……! 아, 타카네에게도 줄게! 자, 좋아하는 거 골라!"

하루카가 내민 봉투 속에는 야키소바와 오코노미야키처럼 식사거리가 될 만한 음식물을 담은 팩이 한가득 들어 있었다.

"으…… 꽤 잘 골랐네. 그럼 일단 앉아서 먹을까? 안쪽에는 빈자리도 있는 것 같고."

나는 빈자리를 발견하고 뒤돌아보며 그렇게 말했다. 하루카는 벌써 다음 먹잇감인 프랑크푸르트 소시지를 물고 있어서 소리 없이 고개를 끄덕였다.

마침 그늘진 곳을 발견해서 우리 둘은 마주 보는 형태로 앉았다. 오늘은 날씨도 좋아서 학교 축제를 열기에 딱 좋은 날이었다.

오히려 바깥은 약간 더울 정도라서 얇게 입고 온 손님도 많았다.

나와 하루카도 오늘은 움직일 일이 많을 것이라고 생각해서 얇게 입고 왔다.

하루카는 앉자마자 「이제 못 참겠어!」라고 말하는 듯이 몹시 기쁜 표정으로 봉투에서 먹을 것들을 꺼냈다.

아무래도 조금 전에 나에게 보여줬던 것은 극히 일부에 지나지 않았던 모양이다. 약 5~6인분 정도 되는 먹을 것이 테이블 위를 차례차례 메웠다.

"4…… 4차원 주머니[1]……?"

이 봉투에 어떻게 이 많은 걸 넣었는지 알 수 없을 정도로 먹을 것이 잔뜩 나왔다. 하루카는 먹을 것을 눈앞에 두고 어느 것부터 먹을까 고민한 끝에, 오코노미야키를 집었다.

나도 상당히 배가 고팠기 때문에 소스가 뿌려진 야키소바 팩을 가져왔다.

"그럼 잘 먹겠습……. 아, 참 나 아직 돈을 안 냈지. 이거, 얼마였어?"

역시 얻어먹기엔 미안해서 스커트 주머니에서 지갑을 꺼냈다.

"아, 됐어 됐어. 이유는 모르겠지만 오늘 선생님이 『이걸로 먹고 싶은 거 사 먹어라.』라며 돈을 주셨어. 1만 엔 정도. 그러니까 괜찮아!"

#1 4차원 주머니 도라에몽의 배에 붙어 있는 반달형 주머니. 주머니 내부가 다른 세계와 연결되어 있어서 무엇이든 한없이 수납할 수 있다.

"1만 엔씩이나?! 하아~ 그 선생님, 우리 반 축제 예산은 슬쩍 가로챘으면서 시원하게 쓰기도 하네!"

"아, 뭔가 게임을 만드는 도중에 기분 전환 삼아서 파칭코를 하러 가셨던 모양인데, 거기서 엄청 많이 땄대. 그날 밤은 초밥을 시켜 먹었어."

약간 올라갈 뻔했던 선생님에 대한 평가는 그 이야기를 듣고 평소처럼 밑바닥으로 떨어졌다. 그것과 동시에 눈앞에 놓인 맛있는 먹거리가 도박의 부산물로 보여서 까닭 없이 씁쓸한 기분이 들었다.

"응? 타카네 안 먹어? 안 먹을 거면 내가……."

"머, 먹을 거야! 그보다 너 얼마나 먹는 거야?! 너 분명히 살찔 걸?!"

학교 축제에서 열리는 노점은 고칼로리 음식물 천지다. 나도 사실은 프라이드치킨에 입맛을 다셨지만 아무리 오늘이 축제라고 해도 내일은 다시 일상으로 돌아가야 한다.

들뜬 기분으로 섭취한 칼로리가 내일의 나를 괴롭게 만들 것이 분명했다.

하루카는 그 와중에도 닭튀김에 프랑크푸르트 소시지, 크레이프, 스틱 피자, 감자튀김, 초코 바나나를 무서운 기세로 늘어놓았다. 그 양도 예사롭지 않았지만 무엇보다 먹는 모습을 보기만 해도 속이 쓰렸다.

"그치만 맛있잖아. 아, 거기다 나는 아무리 먹어도 전혀 살이 안 찌는 체질이라~. 학교에서 먹을 점심은 많이 가지고 오지 않지만 집에서는 항상 이 정도는 먹어!"

그 이야기를 들으면서 하루카가 먹고 있는 양과 하루카의 체형을 번갈아 보고 짜증이 났다.

나는 조금만 더 먹어도 몸무게가 확 늘어나는데 너무 불공평하다.

"아— 아~. 차라리 아무것도 먹지 않아도 배가 고프지 않은 몸이었으면 좋겠다……. 그리고 잠을 자지 않아도 되는 몸."

"뭐? 그럼 재미없잖아. 나는 먹는 것도 자는 것도 엄청 좋아하는걸."

하루카는 기쁘게 햄버거 팩을 뜯으면서 그렇게 말했다.

"……너, 무척 행복해 보인다."

"응? 뭐라고 했어?"

뺨에 케첩을 묻히고 되묻는 이 녀석의 얼굴은 왠지 미워할 수가 없다. 나는 하루카의 몸무게가 내일 10킬로그램 정도 늘어서 헉헉대기를 작게 빌었다.

*

오후 1시 30분.

예정대로 영업을 재개한 우리 사격 부스는 오전과는 정반대로 손님의 발길이 뚝 끊겼다.

"이상하네—. 왜일까. 오전에는 이렇게 텅텅 비지 않았는데. 설마 나쁜 소문 같은 게 퍼지진 않았겠지……."

나는 문으로 얼굴을 내밀고 복도 좌우를 확인했다. 하루카는 변함없이 교실 앞에 서서 손님을 기다리고 있지만 애초에 복도에는 사람이 별로 없는 모양이었다.

내가 일말의 불안감을 느끼고 있을 때, 하루카가 뭔가를 떠올린 듯이 주머니에서 두 번 접은 프린트를 꺼냈다.

"아, 그래. 그렇구나. 타카네, 분명 이것 때문일 거야."

하루카가 꺼낸 프린트는 각 반의 학교 축제 일정표였다.

나는 받자마자 잃어버렸지만 하루카에게 고개를 숙이며 보여 달라고 하는 것도 아니꼬웠기 때문에 그 사실을 계속 숨기고 있었다. 덕분에 오늘 다른 반은 무엇을 하는지 조금밖에 파악하지 못했다.

"으, 으응……. 그래서 어느 게 손님이 오지 않는 원인인 거야?"

"응. 여기 『학생회 기획』이 오후 한 시부터 두 시까지 체육관에서 열리는 모양이야. 손님들은 그것을 보러 간 게 아닐까."

하루카가 가리킨 프린트에는 확실히 『학생회 기획』 오후 1시~2시』라고 적혀 있었다. 더구나 그곳만 정성껏 굵은 네

모 박스가 쳐져 있어서 한층 눈에 띄었다.

"과연. 학생회도 정말 눈에 띄고 싶어서 안달이네. 그보다 한창 부스를 열고 있는 시간대 말고 나중에 하면 될 텐데……. 이러면 아마 어떤 반이든 기분이 나쁘겠네."

프린트 디자인에서도 강한 자기 과시욕이 묻어 나와서 적어도 나는 그다지 마음에 들지 않았다.

모처럼 점심도 든든히 먹고 오후부터 있을 전투에 대비했는데, 아무도 오지 않으면 소용이 없다.

"자, 자, 앞으로 30분만 있으면 손님이 잔뜩 올 거야. 그때까지 모처럼이니까 조금 더 쉬자."

하루카는 다시 프린트를 접고 내가 고개를 내밀고 있던 문을 열고 안으로 들어왔다.

"뭐, 할 수 없다. 아~아, 좀 더 바보 같은 손님이 왔으면 좋겠다~. 닥치는 대로 상대해줄 텐데."

그렇게 불만을 쏟아내며 교실 안으로 고개를 집어넣으려고 했을 때, 시야 끝으로 사람의 모습이 보였다.

복도 왼쪽에 있는 학생용 정면 현관 쪽이었다. 조금 전까지 아무도 없었던 복도에 같은 옷을 입은 남자 세 명이 서있는 모습이 보였다.

카무플라주 바지에 스카프를 두르고 고글을 쓴 그 모습은 마치 서바이벌 게임을 하고 돌아오는 길에 그대로 이곳에 들른 것처럼 보였다.

"뭐, 뭐야 저 사람들······. 뭔가 학생들이 변장이라도 한 건가? 아니, 그래도 일반 손님처럼 보이니까, 설마 저게 사복인가······?"

하지만 사복으로 보기에는 조금 지나치게 화려했다. 복장뿐만 아니라 등에 멘 륙색(Rucksack)의 어깨 부분에는 트랜스시버[2]처럼 보이는 물건까지 보였다.

"타카네, 왜 그래?"

"아, 아니······. 왠지 수상해 보이는 사람이 있어서······. 선생님을 부르지 않아도 괜찮을까?"

"수상한 사람? 자, 잠깐 나도 볼래."

하루카는 그렇게 말하더니 내 위로 고개를 내밀고 복도를 살펴보았다.

"그치? 뭔가 수상하지? 분명 이런 곳에 올 차림은 아니지······."

"글쎄 어떨까. 저런 패션이 있을지도 몰라. 밀리터리 패션 같은—."

하루카의 입에서 「패션」이라는 말이 나왔다는 사실에 깜짝 놀랐다. 이 녀석, 의외로 그런 쪽에 해박한가······?

어쩌면 조금 전부터 내가 수상하다고 되풀이해서 말했던 패션은 「최신 패션」일지도 몰랐다. ······그렇다면, 반대로 내가 유행에 뒤처지고 있다는 사실이 드러난 것은 아닐까?

#2 트랜스시버 근거리 연락용으로 사용하는 소형 휴대용 무선 통신기.

"음, 뭐 최근 자주 보이네……. 요즘 저런 옷이 유행하고 있으니까. 아마 도쿄, 같은 곳에서……?"

이렇게 되면 분위기를 따라가는 수밖에 없어. 우선 적당히 칭찬해보기로 했다. 이런 녀석에게 유행에 뒤떨어진다고 생각되는 것만큼은 어떻게든 피하고 싶었다.

"우와~ 요즘 유행하는 패션이구나! 이야, 나는 그런 부분은 전혀 모르니까……. 과연 타카네야!"

하루카의 상쾌한 미소가 가슴을 찔렀다. 잘 생각해보면 아무렇지 않게 반라로 돌아다니는 녀석에게 패션 센스 같은 게 있을 리 없었다.

쓸데없는 허영심으로 제 무덤을 판 나는 "뭐, 그렇지……." 라고 말하고 더욱 양심의 가책을 느꼈다.

"저, 잠시 뭣 좀 여쭤 봐도 될까요?"

"네?"

별안간 말을 거는 목소리에 고개를 들어보니, 그곳에는 조금 전 밀리터리 집단이 서 있었다.

하루카와 나누는 시시한 대화에 신경 쓰는 사이에 놀라울 정도로 가까이 와 있었던 모양이다.

"우와! 아, 넵! 무슨 일이신가요?"

가까이에서 보니 그 집단이 내뿜는 분위기에 압도되었다.

학교라는 장소에 어울리지 않는 모습을 한 그 집단은 조금 전에는 세 명이라고 생각했지만, 어째선지 지금은 여섯 명으로 늘어나 있었다.

하루카도 모르고 있었는지 "우왓!" 하고 놀라서 몸을 뒤로 젖힌 직후, 내 등 뒤로 돌아 들어가는 형태로 도망치는 자세를 취했다. 한심한 녀석.

"놀라게 해서 죄송합니다. 잠시 어떤 부스를 찾고 있어서요. 여기 학교 축제에서 『사격 게임』을 하는 부스가 있다고 들었는데요……."

"아, 하아……. 네?! 아, 으~음, 분명 바로 여기가 찾으시는 부스 같은데요……."

나는 먼저 남자들이 예의 바른 청년이라는 사실에 놀라고, 우리 부스를 찾고 있다는 사실에 더욱 놀랐다.

그리고 눈앞의 집단도 놀란 듯이 웅성거리기 시작했다.

"오, 오오, 여기였군요! 저, 그럼 대전 상대를 하시는 분은……."

남자들은 여기가 사격 부스라고 알자마자 마치 내가 상관인 것 마냥 대하며 거듭 질문을 했다.

"네? 저, 저기…… 제가…… 상대하는데요?"

나는 정체를 알 수 없는 집단으로부터 될 수 있는 한 거리를 두려고 문에서 한쪽 눈만 내미는 자세를 취하며 대답했다.

그러자 남자 집단은 "오오오오오오오!" 하는 환성을 질렀다.

선두에서 나와 이야기를 하던 청년은 어째서인지 눈물을 뚝뚝 흘리기 시작했다. 서, 설마 이 반응은……. 안 좋은 예감이 머리를 스쳤다.

"시, 실례했습니다……! 그럼 당신이 《섬광의 무희·에네》 님이시군요……! 만나 뵙게 돼서 영광입—."

나는 거기까지 듣고 나서 문을 쾅! 하고 닫았다.

역시 그랬다. 그들은 온라인 게임의 내 팬이다.

저 차림새를 봤을 때부터 알아봤으면 좋았을 텐데.

저 모습은 예전에 봤던 대회 참가자 모습 그대로가 아닌가.

알아봤다면 여기가 사격 게임 부스라는 사실과 내가 대전 상대라는 사실도 숨기고 그냥 지나가게 내버려뒀을 텐데! 나는 바보인가!

하지만 어떻게 이곳을……? 아니, 간단한 이야기다. 첫 번째 손님이었던 그 무뚝뚝한 남자가 인터넷에 「《섬광의 무희·에네》가 대전 슈팅 게임을 개최하고 있다! 근처에 사는 게이머라면 가 볼 가치가 있다!」라고 올린 것이 틀림없다.

애초에 정보가 새어나갈 곳은 그 남자밖에 생각할 수 없다. 그 녀석들에게는 그때 아무 말 하지 말라고 못을 박아 뒀어야 했다.

"타, 타카네…… 조금 전 사람들은 도대체……?"

"어? 아, 응. 아무것도 아니야! 돌아갔어!"

나는 걱정스러워 보이는 하루카에게 식은땀을 흘리며 미소를 짓고 그렇게 대답했다. 하지만 그 직후 등 뒤에 있는 문에서 세찬 노크 소리가 들렸다.

"부탁드립니다! 딱 한 번만 상대해주십시오!"

"제발! 부디!"

노크 소리와 함께 남자들이 어수선하게 외치는 소리가 들려왔다.

아— 사격 게임을 하자고 제안한 건 어디의 누구냐. 아니, 바로 나다. 이렇게 될 줄 알았다면, 차라리 메이드 카페를 하는 편이 몇만 배는 더 나았을 것이다.

교실 밖에서 웅성거리는 소리가 점점 더 커졌다. 그 소리로 추측하건대 아마도 정보를 입수한 「전사들」이 차례차례 모여들고 있는 것이겠지.

"……이제 될 대로 돼라."

그렇게 중얼거리고 문을 열자 전사들은 벌써 열 명 이상으로 늘어나 있었다. 내가 나타난 순간 낮고 어수선한 환성이 확 터져 나왔다.

나는 문을 쾅 하고 활짝 열어젖히고 "내가 에네다! 하나하나 상대해줄 테니까 죽고 싶은 녀석부터 덤벼라!"라고 외쳤다.

뒤에서 하루카가 "에네…… 멋있어……!" 하고 감탄하는 소리가 들려왔다. 주룩 흐른 눈물이 이번에야말로 내 청춘의 종말을 알렸다.

*

……그로부터 약 두 시간.

교실 안은 관객들로 꽉 차서 교실 밖까지 사람들이 많이 모여 있었다.

나는 수십 명의 실력자를 상대하며 현재 진행형으로 《신·무희전설》을 만들고 있었다. 이제 치욕스러워 흘리던 눈물도 다 말라버렸다.

"……또 이겼어! 이걸로 45연승이다!"

몇 번째인지 모를 환성 소리가 들리고 도전자는 영광의 눈물을 흘리면서 나에게 찬사의 말을 남기고 자리를 떠났다.

도전자는 이미 게이머만 남았다. 일반 손님은 과열된 분위기 때문에 멀리서 지켜볼 수밖에 없었다. 도저히 학교 축제에서 열리는 행사라고는 말하기 어려운 이상한 광경이 그곳에 펼쳐지고 있었다.

"에네, 계속 할 수 있겠어? 앞으로 15분 뒤면 학교 축제도 끝나니까 마지막까지 힘내자!"

하루카는 내 자리 오른쪽에 쭈그리고 앉아서 언젠가부터 나를 「에네」라고 부르기 시작했다. 완전히 코치처럼 계속해서 응원하고 있었다.

"아— 끝나는구나……. 나는 이미 예전에 끝났지만 말이지…… 후후후……."

의자 등받이에 기대면서 실없이 중얼거렸다. 내일부터 학교 안에서 뭐라고 소문이 날까.

차라리 「에네」라고 적힌 이름표라도 걸고 다닐까.

나는 그런 생각을 하면서 무아의 경지에 들어갔다. 그때 새로운 도전자가 자리에 앉았다.

조금 전까지의 도전자는 건장한 남자들뿐이었지만, 이번 도전자는 파카를 입고 왔던 소년 소녀와 비슷한 키에 붉은 저지를 입은 소년이었다.

내가 멀뚱멀뚱 가만히 있으니 하루카가 옆에서 어깨를 툭툭 두드렸다.

"에네…… 한창 불타오를 때 미안하지만 이제 슬슬 승리를 양보하는 편이 좋다고 생각해. 분할지도 모르지만 이 아이에게 져줄 수 없을까……?"

하루카가 몹시 말하기 어려운 듯이 그렇게 말했다. 이 녀석은 도대체 언제까지 착각하고 있을까. 나는 딱히 불타오르지 않았다.

하지만 시간을 봤을 때 확실히 여기서 지는 편이 좋을지도 모른다.

뭐, 져야 하는 상대가 소년이라는 것은 조금 자존심이 상하기도 하지만, 이것은 시합 이전에 「서비스」인 것이다.

게다가 게이머 녀석들에게 지는 것보다는 훨씬 낫겠지…….

이벤트를 성공적으로 마치기 위해서도 여기서는 자기 과시를 하고 있을 때가 아니다. 마지막 도전자이기도 해서, 나는 오랜만에 영업 스마일을 얼굴에 장착하기로 했다.

"네가 다음 도전자구나. 잘 부탁해! 규칙은 알고 있니? 설명해줄까?"

보기 좋게 「귀여운 누님 말투」로 말할 수 있었다. 이 또래의 아이라면 지금 내 모습을 보고 사랑에 빠졌을지도 모른다. ―아, 이 얼마나 죄 많은 여자인가.

"……당신, 전국 2위를 했다고 해서 꽤나 우쭐해진 모양인데, 내가 보니 별거 아니던데. 수읽기도 잘 못하고 움직임도 조잡해. 보고 있으려니 짜증 나."

내 상상과는 정반대로 저지 차림의 소년은 눈도 마주치지 않고 그렇게 중얼거렸다.

"어……? 아, 미안. 누나가 잘 못 들었는데……."

분명 잘못 들었겠지. 설마 이 귀여운 소년이 그런 신랄한 말을 내뱉을 리가 없다.

"『당신은 약하다.』라고 말했어. 됐으니까 빨리 시작해. 난이도는 당신이 정해도 상관없으니까."

―머릿속에서 툭 하고 뭔가가 끊어지는 소리가 들렸다. 두 번이나 들었으니 잘못 들었을 리도 없다. 이 녀석은 나를 『약하다.』고 말하고 있다.

어린아이 주제에 내 플레이에 트집을 잡았다. 《무희》라고 칭송받는 내 플레이를…….

"너, 너 말이지……. 내가 약하다는 말은…… 나를 이길 수 있다는 말이니?"

"아— 이길 수 있어. 확실히 이길 거야. 넌 약하니까."

울화통이 터졌다. 오늘 들었던 말 중에서 나를 가장 화나게 하는 말이었다. 뜨거운 피가 거꾸로 솟아서 머리의 혈관을 찢어버릴 것 같았다.

하지만 상대는 연하다. 여기서 진지하게 화를 내봤자 소용이 없다.

그렇다. 별거 아니다. 이기면 되는 것이다. 약한 녀석일수록 목소리가 큰 법이다. 승패야말로 이 세상의 이치라는 사실을 몸소 가르쳐줘야만 한다.

"헤, 헤에~! 과연 그렇구나……! 그럼 최고 난이도로 나와 승부해도 괜찮은 거지? 나는 저어어어얼대로 지지 않겠지만!"

쥐고 있었던 컨트롤러가 내 악력으로 삐걱삐걱 소리를 냈다.

옆에서 하루카가 "잠깐, 타카네, 여기선 져줘야지!" 하고 작은 목소리로 말했지만, 그런 소리는 이미 귀에 들리지 않았다.

—이것은 자존심을 건 싸움이다.

지금 이 자리에서 저지를 입은 이 소년을 뭉개주는 것만이 내 자존심을 세워줄 수 있다.

"좋아. 네가 이기면 무엇이든 네 말대로 할게. 네가 지면 어떻게 할 거야?"

소년은 그렇게 말하며 처음으로 나를 보았다. 날카롭고, 어쩐지 쓸쓸해 보이는 눈은 마치 무언가를 꿰뚫어보고 있는 듯한 차가운 박력을 내뿜고 있었다.

"나, 나도 지면 무엇이든 네 말을 들어줄게! 네 부하가 돼서『주인님』이라고 불러도 좋아! 절대로 지지 않을 테니까!"

"아 그래. 역시 시시한 녀석이네. 그럼 시작해."

소년은 그렇게 말하고 다시 모니터를 향해 돌아섰다.

나는 이미 거울을 보지 않아도 얼굴이 새빨개졌다는 것을 알 수 있을 정도로 흥분하고 있었다.

때려눕혀 주겠어……! 이 녀석만은 절대로 때려눕혀 주겠어!

한차례 심호흡을 한 뒤에 엑스트라 모드를 선택하고 시작 버튼을 눌렀다.

"나를 바보 취급한 일…… 후회하도록 만들어 주겠어……!"

결전의 화려한 막이 오르고 적들이 화면을 가득 채웠다.

결과부터 말하자면, 나는 오늘 내 최고 기록을 갱신했다. 그만큼 컨디션도 좋았고, 집중도 잘 됐다.

하지만 결과 발표 화면에는 패배를 의미하는 푸른 「LOSE」라는 문자가 표시되고 있었다.

한편 저지를 입은 소년의 화면에는 「WIN」이라는 금색의 문자와 더불어 그 아래에…… 「PERFECT!」라는 붉은 글자가 표시되고 있었다.

"거짓말……이지……?"

아직까지 상황을 파악하지 못한 나에게 소년은 "약속…… 지켜봤자 성가시기만 하니까 없었던 일로 하자…….''라는 한마디만을 남기고 교실을 떠났다.

하루카가 허둥지둥 경품인 표본을 전해주려고 일어섰다.

"아…… 나는 이거 전해주고 올게! 에네, 마지막까지 멋졌어! 수고했어!"

나는 하루카가 하는 말에 아무 반응도 할 수 없었다.

나보다 어린 소년에게 그렇게나 바보 취급을 당한 뒤에 그렇게나 호언장담을 했는데, 졌다.

"일부러 져준 거야!"

"아니, 득점만 놓고 보면 오늘 최고 기록인데? 그렇다는 말은 『에네』가 진 건가?!"

주변에서는 이와 같은 논의가 일어나고 있었지만, 그런 일은 어찌 되든 상관없었다.

—분하다. 나는 그저 분한 마음으로 가득 차서 아직까지 컨트롤러를 붙잡고 있었다.

"저, 저기…… 친구가 실례되는 말을 해서 죄송해요……."

중간 정도 되는 길이의 검은 머리카락의 소녀가 갑자기 말을 걸어왔다.

오늘은 별로 추운 날씨가 아닌데도 어째선지 붉은 머플러를 두른 그 모습은 매우 덧없는 분위기를 풍겼다.

"……너, 방금 그 아이의 친구니?"

컨트롤러를 책상에 놓고 그렇게 물었다. 머플러를 두른 소녀는 쑥스러운 듯 수줍어하며 "……일단은요." 하고 대답했다.

그렇다면 저 저지 차림의 소년은 저 정도의 실력을 가진 데다가 여자아이까지 데리고 학교 축제에 왔다는 말인가?! 분노의 불길이 치솟을 것 같았지만 소녀의 미안한 듯한 태도에 마음이 진정되었다.

"그렇구나……. 신경 쓰지 마. 저 아이가 무척 강했고, 나도 오랜만에 즐거웠어. 하지만 태도에 대해서는 뭐라고 한마디 해주는 게 좋을 거야. 저대로는 사회에 나갈 수 없으니까."

내가 기세등등하게 그렇게 말하자, 소녀는 쓴웃음을 지으며 한숨을 쉬었다.

"그렇, 겠죠. 저 아이는 좀 사람을 사귀는 게 서툴다고 할지, 자기중심적인 면이 있어서……. 나중에 제가 주의를 주겠습니다. 정말로 죄송합니다."

"아, 아니. 너에게 사과 받아도……. 뭐, 그 나이에는 분명 이런저런 일이 있겠지. 제대로 이야기해준다면 그걸로 됐어."

"네. 그렇게 할게요. 앗, 어쩌지. 나만 두고 갔어! 죄송해요. 저도 여기서 실례하겠습니다. 이 뒤에 아버지도 만나러 가야 해서……."

소녀는 고개를 숙이고 서둘러서 후다닥 교실을 나갔다.

경품이 없어지자 손님들은 점차 물러나기 시작했다. 내 팬으로 보이는 사람들도 「쓸데없이 함부로 나서지 말아야지.」라고 말하는 듯이 총총히 교실을 떠났다.

의자에 앉으면서 그 모습을 왠지 모르게 지켜보고 있었다. 그때 시계가 학교 축제 종료 시간인 오후 네 시를 가리켰다.

복도 스피커에서 『이제 축제를 종료합니다. 각 반 학생들은 실행 위원회의 지시에 따라 신속하게 정리를 시작해주십시오.』라는 안내 방송이 흐르기 시작했다.

그 말을 듣자 피로감이 확 몰려왔다. 정말 하루 종일 예상 밖의 사건들에 엄청 휘말려서 뜻밖의 큰 소동으로 번져버렸다. 그래도 끝나고 나서 돌이켜보니 꽤 즐거웠다.

　남은 것은 내가 「에네」라는 사실이 이 이상 퍼지지 않고 사람들의 기억 속에서 사라지면 좋겠지만…….

　나는 그런 생각을 하면서 하루카가 돌아오기를 기다렸다.

　그 녀석도 꽤 열심히 했으니 오늘 정도는 칭찬해줘도 괜찮을지도 모른다.

　그래. 가끔은 돌아가는 길에 뭔가 밥이라도 사줄까…….

아니, 안 된다. 저 녀석에게 걸리면 얼마 안 되는 내 용돈 따위 순식간에 날아가 버린다. 반반씩 내기로…… 아니, 각자 먹은 만큼 계산하기로 하자. 응. 그렇게 하자.

　그러고 보니 선생님에게 받은 식비도 아직 많이 남았다.

　이왕이면 선생님이 돌려달라고 하기 전에 써버리는 것이 상책이겠지.

　긴 책상에 엎드려서 할 일 없이 컨트롤러를 만지작거리면서 15분 동안 기다렸다.

　……하루카는 통 돌아올 기미가 보이지 않았다.

　경품을 전하러 갔을 뿐인데 너무 오래 걸린다.

　도대체 어디서 딴짓을 하고 있는 거야.

　교실에는 째깍째깍 초침 소리가 울렸다. 각 반은 축제가 끝난 뒤에 교실을 정리하고 오후 다섯 시에는 하교해야만 한다.

우리도 물론 그렇게 해야 하지만 둘이서 모든 것을 정리하려면 시간이 꽤 오래 걸리겠지.

"그 녀석…… 혹시 땡땡이칠 생각은 아니겠지."

—그 녀석이라면 그런 짓은 하지 않겠지. 그런 짓을 한다면 나중에 나에게 얻어맞을 게 분명하고, 무엇보다 그 녀석은 누구보다 성실했다.

하지만 그럼 시간이 이렇게나 지났는데 아직까지 돌아오지 않는다는 것은 아무리 생각해도 이상하다.

딴짓을 할 가능성을 생각하는 동안에 문득 좋지 않은 예감이 머리를 스쳐 지나갔다.

혹시 달려서 쫓아가는 도중에 어딘가에서 발작을 일으킨 것은 아닐까.

하루카의 병은 목숨이 걸려 있는 중병이라고 예전에 들었던 적이 있다.

하지만 평소 태도나 그 녀석의 성격에서 그런 기색은 전혀 느껴지지 않았다. 그래서 나는 그 녀석의 병을 걱정한 적은 한 번도 없었다.

하지만 그 녀석은 한동안 계속 밤을 샜을 뿐만 아니라, 오늘은 하루 종일 나와 함께 접객을 한 뒤에 달려 나가기까지 했다.

생각하면 생각할수록 좋지 않은 예감이 더욱 크게 부풀

어 올랐다. 심장 박동이 단숨에 빨라졌다.

책상에서 일어나려다 의자를 세게 넘어뜨려서 커다란 소리가 교실에 울려 퍼졌다.

하지만 그런 일은 이제 아무래도 상관없었다.

하루카는 지금 어딘가에서 쓰러졌을지도 모른다.

어쩌면 아무도 지나다니지 않는 곳에서 홀로 괴로워하고 있을지도 모른다.

그렇게 생각하자 정말 안절부절 견딜 수가 없었다.

좀 더 빨리 눈치챘다면 좋았을 것이다. 그 녀석은 매우 약하다.

그런데도 나는 아무 걱정 없이 무리한 일만 억지로 떠맡기고 있었다.

"하루카…… 윽!"

문으로 다가가 단숨에 교실 문을 열었다……! 힘차게 뛰쳐나가려고 했던 내 몸은— 마침 문 앞에 서 있었던 사람과 힘껏 부딪쳤다.

"우와아아!"
"꺄악!"

나는 상대방을 밀어내며 그 기세로 교실 쪽으로 날아가

지면에 힘껏 엉덩방아를 찧었다. 허리로 느껴지는 통증에 신음 소리를 내면서 고개를 들었다. 문 저편의 복도에서 크게 놀란 모습으로 쓰러져 있는 하얀 피부의 익숙한 청년이 보였다.

"하, 하루카?!"

"아야야, 위험하네……. 타카네, 무슨 일이야……? 그렇게 서둘러서……."

"—바보……! 내가 얼마나 걱정했는지……."

나는 안도하는 기분과 함께 하루카를 날려버린 것에 대한 걱정으로 일어섰다. 그대로 하루카를 껴안아 버릴 것 같은 기세로 다가갔다.

—하지만 입가에 소스를 묻힌 하루카의 모습과 부딪힌 충격으로 흩어진 각종 먹거리가 담긴 팩을 보고, 그 감정은 그대로 걷어차 버리고 싶은 기분으로 바뀌었다.

"……너, 뭐 하는 거야?"

나는 아픈 듯이 허리를 문지르는 하루카 앞에서 발을 딱 멈추고, 하루카를 내려다보며 그렇게 물었다.

"어? 뭘 하다니. 이제 축제가 끝났으니까 폐기되기 전에 먹을 걸 받아오면 좋겠다 싶어서! 자, 봐봐, 되게 많지? 오늘은 파티도 할 수 있어! 잘됐지?"

……분노가 부글부글 끓어올랐다.

주먹을 쥔 손과 뺨에 점점 열이 올랐다. 아— 한순간이라
도 이 녀석을 걱정한 나는 이 얼마나 엄청난 바보인가.
"……타카네? 화났어?"
하루카가 그렇게 물은 순간, 내 주먹이 하루카의 정수리
에 내리꽂혔다.

마침 그때 우리 반이 학교 축제에서 MVP를 탔다는 안내
방송이 나왔던 모양이다.
하지만 안내 방송 소리는 고함치는 내 목소리와 하루카의
단말마 소리에 묻혀서 잘 들리지 않았다. 결국 우리 두 사람
은 그로부터 며칠이 지나고 나서야 그 사실을 알게 되었다.

헤드폰 액터 Ⅲ

←

주위에는 이제 아무도 없었다.

건물에 가려져 지금까지 보이지 않았던 석양이 이곳에서는 잘 보였다.
세계를 붉디붉게 물들이는 그 빛은 마치 모든 것을 남김없이 불태우는 불길 같았다.

나는 가파른 비탈길을 숨차게 달려 올라 언덕 꼭대기에 다다랐다.

나를 이곳으로 이끈 목소리의 주인이 헤드폰 너머로 뭔가를 중얼거렸다. 하지만 나는 가쁜 숨을 몰아쉬느라 그 소리를 알아듣지 못했다.

이제 곧 종말의 시간이 다가오겠지. 아니, 어쩌면 이미 다 끝났는지도 모른다.

하지만 올라온 언덕 위에는 아무것도 없었다.

아니, 정확히 말하면 커다란 벽에 그려진 거대한 하늘이 펼쳐져 있을 뿐이었다.

"……이게 아니야."

나는 잘 기억나지 않았지만 뭔가 있어야 할 것이 이 자리에 없다는 커다란 위화감을 느꼈다.

거친 호흡을 조금씩 가다듬었다.

어렴풋했던 이 위화감의 정체가 점점 뚜렷해졌다.

—뭔가가 없어진 것이 아니다.

「그 녀석」이 이곳에 없을 뿐이다.

"겨우 전할 수 있을 거라 생각했는데……."

내 입에서 그런 말이 무의식적으로 흘러나왔다.

내 그림자가 길게 드리워지며 희미해졌다.

벌써 해가 저물고 있었다.

『……역시 이미…… 늦었구나. 여기에서 밖에, 이곳에서 밖에 전할 수 없었는데……!』

헤드폰에서 들린 그 말은 기억나지도 않는 내 마음을 대변해주는 것 같았다.

『정말 모든 것이 다 끝났던 거야! 이미…… 모든 것이…… 윽!』

—이제, 그만두자.
이제,「그 녀석」과는 만날 수 없다.
이제, 모든 것을 깨달았다.

『이런…… 이런 세계라면 차라리—!』

그런 말은 하지 마.
비록 늦기는 했지만
마지막의 마지막에 나는

—자신의 마음을 깨달았으니까.

"⋯⋯ 미안해. ⋯⋯ 타카네."

닫혀 있던 하늘이 무너져 내린 그 저편에서 나는 그녀에게 마지막 말을 전했다.

뒤돌아보았을 때, 거리는 이미 최후를 맞이하고 있었다.

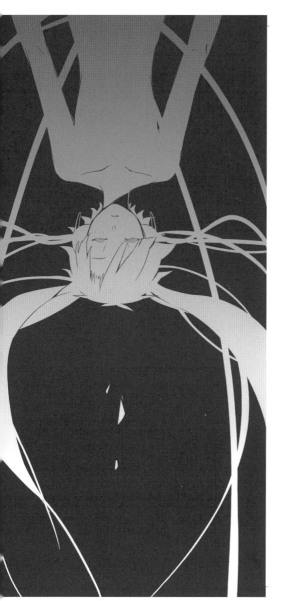

나를 다시 잠에 빠지도록 만들기에 충분했다.

헤드폰 저편에서 들려온 그 말은

흐릿해지는 의식 속에서 남김없이 타들어가는 프로그램의 잔해를 바라보았다.

해 질 녘 예스터데이 Ⅲ

한 여름날.

창밖으로 시원하게 탁 트인 푸른 하늘이 보이고, 아득히 멀리 거대한 소나기구름이 보였다.

"……무리야. 전혀 모르겠어……."

교실에서는 노도와 같은 여름 보충 수업이 펼쳐지고 있었다.

하루카는 눈앞에 잔뜩 쌓인 과제 용지를 생글생글 웃으면서 시원스럽게 풀었다. 하지만 그에 반해 나는 겨우 문제 내용을 해독하는 게 다일 정도로 한 문제 한 문제, 억지로 치열한 전투를 치르고 있었다.

학교 축제가 끝나고 어느 정도 시간이 흘러, 우리는 고등

학교 2학년이 되었다.

그렇다고 해도 우리 반 인원은 변함없이 나와 하루카 둘 뿐이었다. 담임 선생님도 바뀌는 일 없이 여전히 타테야마 선생님이었다.

2학년으로 올라가자 수업 내용이 점점 어려워졌다. 솔직히 나는 머리가 좋은 편이 아니라서 시험을 칠 때마다 계속 평균보다 낮은 점수를 받았다.

"어라, 타카네, 또 손이 멈췄어. 한 번 더 알려줄까?"

나와 하루카의 진행 속도는 두 배 가까이 차이가 났다. 조금 전에는 아무리 해도 이해할 수 없는 문제를 하루카가 가르쳐준다는 굴욕을 맛보았다.

"시, 시끄러워! 이제 조금만 더 하면 풀릴 것 같으니까 좀 조용히 해!"

그렇게 말하고 과제에 집중하려고 했지만, 솔직히 뭐라고 적혀 있는지 거의 이해할 수 없었다.

수학 주제에 멋대로 영어가 튀어나오질 않나, 답이 아니라 식을 적으로 하질 않나, 정말 엉망진창이다.

"아하하, 미안 미안. 맞아. 할 수 있는 데까지 혼자 힘으로 풀지 않으면 의미가 없지! 응. 힘내!"

하루카는 주먹을 살짝 위로 드는 파이팅 포즈를 취하며 그렇게 말하고, 다시 자신의 과제를 술술 풀기 시작했다.

제길……. 이런 건 한 번 더 물어보는 법이라고.

위험해. 이대로라면 또 나만 교실에 남겨질 거야.

하루카는 자신의 과제가 끝나면 항상 "도와줄까?" 하고 물어본다.

정말 순수하게 도와주려는 생각이겠지만, 계속 그렇게 도움을 받으면 내 위신이 깎인다.

결국 오늘도 평소처럼 "혼자 하고 싶으니까 빨리 돌아가!" 하며 하루카를 내쫓아 버리겠지.

아…… 나는 뭘 하고 있는 걸까. 이 귀중한 여름 방학을 낮은 성적과 이상한 고집으로 자꾸 허비하고 있다.

원래는 곧 개최되는 게임 대회에 대비해서, 자발적으로 내 방에서 합숙을 감행할 예정이었다. 설마 이런 일에 시간을 할애하게 될 줄은 꿈에도 생각하지 못했다.

"하아, 어떡하지. 감도 완전히 떨어졌겠지……. 이틀이나 로그인도 못 했고. 이번 대회는 그냥 포기할까……."

나는 과제 용지 위에 철썩하고 뺨을 대며 투덜거렸다. 그와 동시에 하루카가 "다 됐다."라고 말하며 답을 모두 적은 답안지를 정리했다.

"어?! 다 끝난 거야? 빨라! 어, 거짓말. 벌써 돌아가는 거야?!"

놀란 나머지 마치 하루카가 먼저 돌아가는 상황이 외롭다는 듯한 말이 입 밖으로 튀어나왔다. 나는 허둥지둥 정정하려고 했지만, 하루카는 개의치 않고 책상 위에 가방을 올려놓았다.

"아…… 그, 그야 다 끝냈으면 돌아가야지. 뭐, 집으로 돌아가서 마음껏 밥이라도 먹으면 되겠네. 나는 혼자서도 문제를 잘 풀 수 있으니까!"

그만 너무 과도하게 집에 돌아가도 상관없다는 태도를 취해버렸다. 하지만 하루카는 팔짱 낀 나를 힐끔 보더니 "어? 나 안 돌아갈 건데?"라고 말하고 가방에서 노트북을 꺼냈다.

하루카는 천천히 노트북을 켜고 익숙한 손놀림으로 로그인 화면에 패스워드를 입력했다. 로그인이 완료되자 게임 타이틀과 함께 하얀 머리카락에 검은 목걸이를 건 「코노하」라는 이름의 캐릭터가 표시되었다.

"뭐, 뭐야아?! 너 무슨 생각을 하는 거야?! 지금 여기서 시작할 생각이야?! 내 옆에서?!"

"응! 이제 대회도 얼마 안 남았잖아. 게다가 내가 옆에서 게임을 하고 있으면 타카네도 하고 싶어져서 과제를 빨리 끝낼 수 있겠지?"

"아니, 정신이 산만해진다고 할까……. 아아아아, 이제 한계야! 나도 하고 싶어! 잠깐 빌려줘!"

"우와악! 아, 안 돼! 과제부터 제대로 끝내야지!"

그렇다. 하루카가 시작한 것은 내가 대회를 준비하고 있는 게임이었다.

그 학교 축제 이후, 하루카는 몰라도 되는 지식을 점점 쌓더니 온라인 게임을 시작하게 되었다.

처음에는 "어차피 얼마 안 돼서 그만두겠지."라고 생각해서 신경도 쓰지 않았다. 하지만 하루카는 하면 할수록 게임에 빠져들더니 점차 성과를 올리기 시작했다.

그리고 지금은 이 게임 내에서도 꽤 유명한 플레이어가 되어서 무려 다음 대회 우승 후보 중 한 명으로 꼽힐 정도의 실력을 갖췄다.

……하루카가 이렇게 된 계기는 학교 축제 날 밤으로 거슬러 올라간다.

*

"……뭐, 이러니저러니 해도 학교 축제 꽤 즐거웠지?"

"뭐, 솔직히 트라우마로 남을 만한 사건도 많았지만 말이지……. 아! 이 소룡포 맛있어~."

"으애도 아아에 윙앙애 아흐어."

"하루카, 잠깐 더러워! 제대로 먹고 나서 말해! 그나저나 선생님, 아무리 이때다 싶어도 그렇지, 술 너무 많이 드셨어요! 몇 잔째예요?!"

선생님과 하루카와 나 세 명은 뒤풀이라는 명목으로 저녁밥을 먹으러 왔다.

하루카는 결국 받아 온 먹을거리를 굉장한 기세로 모조리 먹어치웠다. 그 후 우리는 둘이서 허둥지둥 뒷정리를 해, 어떻게든 학교 축제를 마칠 수 있었다.

뒷정리를 하면서 하루카가 나를 「에네」라고 부를 때마다 발로 찼지만, 이 녀석은 내가 왜 화를 내는지 전혀 모르는 모양이었다. 정말이지 괘씸하다.

뒷정리가 끝났을 때 마치 타이밍을 노린 듯이 "영웅은 뒤늦게 등장하는 법이니까 말이지……." 하고 폼을 잡으며 선생님이 나타났다. 나는 하루카에게 한 것과 마찬가지로 선생님을 호되게 발로 걷어찼다. 그리고 늦게 온 벌로 저녁밥을 쏘게 만들었다.

"우와아~ 그래도 굉장했지─.《몽환 원무 ─홀리 나이트 메어─》였던가? 에네가 이렇게 적을 탕탕 쏘면서 차례로 쓰러뜨리는 느낌이……!"

"그러니까 두 번 다시 그 이름으로 부르지 말라고 했잖아! 아아아…… 최악이야……."

내가 가자고 해서 찾아간 중국 음식점은 학교에서 떨어진 곳이라서 그런지, 축제 뒤풀이를 하고 있는 우리 학교 학생은 보이지 않았다.

나는 겹겹이 쌓인 접시 바로 앞 공간에 팔꿈치를 괴고 손바닥으로 얼굴을 덮으며 괴로워했다.

"핫핫핫! 뭐야, 너 결국 들킨 거냐! 뭐, 나쁜 짓을 하고 있는 것도 아니니까 신경 쓰지 말라니까, 에네. 아야!"

선생님의 팔뚝에 펀치를 먹이고 크게 한숨을 쉬었다.

나는 속이 타는 게 보일 기세로 눈앞의 오렌지 주스를 단숨에 들이켰다.

"그래 맞아. 숨길 필요 없는데 말이지! 하지만 그런 거지? 『에네』라는 이름, 그건 『에노모토 타카네』의 첫 글자와 맨 마지막 글자에서 따온 거지?"

"그, 그렇……긴 한데……. 그게 뭐 어쨌는데."

"어? 아니 재미있구나 싶어서. 뭔가 그런 본명 이외의 이름은 멋있네~. 나도 뭔가 다른 이름을 갖고 싶어!"

하루카는 몇 인분이나 되는 눈앞의 요리를 모조리 먹어치우고, 다음 요리가 나오기를 들뜬 마음으로 기다리면서 그런 말을 중얼거렸다.

그나저나 이 녀석의 위장은 어떻게 되어 있는 것일까. 괴로워하기는커녕 여태 먹는 속도가 느려지지 않는 점이 몹시 기분 나빴다.

"그럼 그거냐? 《섬광의 무희》라는 호칭도 너와 뭔가 관계가……. 아니 잠깐만! 내가 잘못했다. 주먹은 내려놔라!"

위압감으로 쓸데없는 말만 하는 선생님을 입 다물게 만들었다. 시간은 벌써 저녁 여덟 시가 되는 참이었지만, 내일은 대체 휴일이라서 아직 여유 있는 시간이었다.

"아이디는 별생각 없이 지었으니까 일일이 물어보지 마. 부끄러워……."

하루카가 다 먹기 전에 내 접시에 나눠 담은 칠리 새우를 입에 넣으면서, 나는 두 사람의 짓궂은 질문에 투덜거리면서 대답했다.

"나도 뭔가 이름을 지어볼까! 『코코노세 하루카』니까…… 『코노하』라든가!"

"네 그러시든지요. 괜찮지 않아? 코노하, 잘 부탁해."

나는 적당히 대꾸했지만, 하루카는 상상 이상으로 기뻤던 지 "오오오! 역시 이거 뭔가 멋지다……! 앞으로 이 이름을 써야겠다!" 하고 묘하게 불타올랐다.

*

—그렇게 하여 지금과 같은 상황에 이르렀다.

"그, 그도 그렇게 너만 하고 너무하잖아! 혼자서만 그렇게 해서 실력을 키우려 하고……. 나도 하고 싶은데!"

"그건 타카네가 잘못한 거야~. 나는 과제도 제대로 끝냈는걸. 그럼 과제 다 끝내면 같이 게임해줄 테니까, 힘내!"

하루카가 하는 말은 누가 들어도 맞는 말이었다. 나는

"그렇지만……." "그래도……." 하고 어린아이 같은 변명을 늘어놓을 수밖에 없었다.

그리고 게으름을 피워서 성적이 떨어진 나와 성실하게 공부하는데도 여름 보충 수업을 들어야만 하는 하루카와의 차이를 새삼 깨닫고 있었다.

그렇다. 하루카는 성적이 낮아서 여름 보충 수업을 듣는 것이 아니다. 그렇게 빠른 속도로 문제를 풀 정도니까 성적만으로 따지면 상위권이겠지.

물론 수업 태도도 좋아서 따로 보충 수업을 받아야 할 이유도 찾아볼 수 없었다. 하지만 하루카는 가장 중요한 「출석 일수」 때문에 다른 학생들보다 크게 뒤떨어지고 있었다.

하루카는 작년 12월에 크리스마스 파티를 열려고 했다. 나와 선생님도 그 파티에 참가할 예정이었다.

마침 하루카의 생일이기도 해서, 나는 도리어 하루카를 놀라게 하기 위해 드물게도 열심히 선물을 골랐다. 적은 용돈을 열심히 모아서 마련한 돈을 지출하려니 가슴이 찢어졌다. 하지만 하루카가 기뻐하는 모습을 상상하면 왠지 모르게 즐거웠다.

—하지만 파티 당일, 하루카는 발작을 일으키며 쓰러졌다.

다행히 바로 병원으로 옮겨져서 생명이 위태롭지는 않았다.

나와 선생님이 달려갔을 무렵에는 이미 5인분 정도의 식사를 해치우고 있었다. 하지만 하루카는 결국 그날부터 입원하게 되었다.

일주일 만에 퇴원한 하루카는 겨울 방학이 끝난 뒤에 씩씩하게 학교를 다녔지만, 한 달 후에 다시 발작을 일으켜서 입원했다.

그때는 별 차도가 없어서 병실에서 한 달 정도 나올 수 없었다. 하지만 본인은 몸 상태보다도 그 무렵 빠져들기 시작한 온라인 게임을 걱정했다. 하루카는 나를 볼 때마다 "퇴원하면 바로 연습해야지."라고 말했다.

그 후에 둘 다 무사히 진급했지만, 하루카는 건강이 많이 나빠졌다. 입원하지는 않았지만 조금씩 결석하는 날이 늘었다.

그리고 현재 하루카는 부족한 출석 일수를 보충하기 위해서 여름 보충 학습을 받고 있다.

하루카는 불평하는 일도 없이 "타카네와 함께 수업을 들을 수 있어서 오히려 즐거워."라고 말했지만 실제로는 어떻게 생각하고 있을까.

―나는…… 잘 모르겠다.

"아, 새로운 무기가 나왔어! 대회 전이라서 그런가? 사버릴까~."

흥분한 기색으로 모니터를 응시하는 하루카는 적어도 침울해 보이지는 않았다.

아니, 다시 생각해보면 이 녀석이 침울해하는 모습은 본 적이 없었다.

같은 반 친구가 오직 나 하나뿐이었을 때도, 기대했던 체육 대회가 우리 반은 견학만 할 수 있었을 때도, 입원해서 학교에 오지 못했을 때도, 하루카는 웃고 있었다.

나는 언제나 그런 하루카의 웃는 얼굴을 보며 화를 내고 어이없어하면서…… 점점 하루카에게 마음이 끌렸다.

"저기, 하루카……."

"어? 왜? 자, 잠깐 기다려봐. 지금 막 전투가 시작돼서!"

하루카는 모니터에서 눈을 떼지 않고 필사적으로 전투를 치르고 있었다.

중얼중얼 혼잣말을 하며 게임을 하는 그 모습은, 마치 천진난만한 어린아이 같았다.

……하지만 정말로 무사태평한 녀석이다. 그보다 모처럼 교실에 남아 있을 거라면 나에게 조금 더 신경 써줘도 좋을 텐데.

후우 하고 숨을 토해내고 다시 과제 용지를 응시했지만,

옆에서 들려오는 총소리 때문에 솔직히 전혀 집중할 수 없었다.

뭐가 「과제도 빨리 끝날 거야.」냐. 정신이 산만해져서 완전 역효과잖아.

차라리 그만 쫓아버릴까 생각하며 노려봤다. 하지만 여전히 내 쪽은 전혀 신경도 쓰지 않는 모양이라 화낼 생각도 사라졌다.

이미 과제를 할 생각은 사라져서 책상 위에 턱을 괴고 샤프를 굴렸다. 그러다 문득 좋은 아이디어가 떠올랐다. 벌떡 일어나서 책상 옆에 걸려 있는 가방 속에 손을 집어넣어 헤드폰을 꺼냈다.

……이것을 쓰고 내가 냉담한 태도를 취하고 있으면 이 녀석도 초조해져서 게임을 멈춰줄지도 모른다.

사람은 혼자만의 세계에 빠졌을 때 다른 사람이 뭔가를 하기 시작하면, 괜히 외로움을 느끼는 법이다. 이 녀석도 분명 그렇겠지.

헤드폰을 쓰고 잭을 주머니 안에 있는 핸드폰에 연결했다.

무엇을 들을까 이것저것 고민했지만, 특별히 듣고 싶은 음악도 없었기 때문에 조용히 라디오를 켰다. 딱 들어도 오후의 티타임에 어울릴 법한 배경 음악이 흐르기 시작했다.

그대로 하루카에게서 등을 돌리고 책상 위에 엎드려서, 눈을 감고 라디오 음악에 귀를 기울였다.

이렇게 하고 있으면 조만간 하루카도 신경이 쓰여서 나에게 말을 걸겠지. 그러면 "라디오 듣느라 바쁘니까 나중에 해."라고 말하는 것이다.

내가 세웠지만 완벽한 작전이다. 그때 나는 그렇게 확신하고 히죽 미소를 지었다.

……하지만 아무리 기다려도 하루카는 말을 걸지 않았다.

처음 몇 분은 나도 "뭐, 조금 더 있으면 말을 걸겠지." 하고 여유롭게 생각해서, 하루카 쪽을 보려고도 하지 않았다.

하지만 10분 넘게 지나자, 내가 참을성이 부족하다는 사실을 몸소 깨닫게 되었다.

……늦다. 너무 늦어.

이미 라디오에서 흘러나오는 세련된 배경 음악 같은 것은 내 귀에 들어오지 않았다. 나는 이미 언제 하루카를 돌아봐도 이상하지 않을 욕구와 계속해서 싸우고 있었다.

그리고 20분 정도 지났을 무렵, 어이없이 한계에 다다랐다.

"아, 아~아, 지루하네~. 슬슬 돌아갈까~."

나는 내 마지막 고집으로 하루카를 돌아보지 않고 그렇게 중얼거렸다.

너무 유치하고 부끄러운 자신의 말에 점점 더 부끄러워졌다.

제길. 왜 내가 이 녀석 때문에 이런 일을 겪어야 하는 거야.

이 녀석도 이 녀석이다. 시간이 이렇게나 흘렀는데도 계속해서 무시하다니, 너무하다.

그렇지 않으면 내가 그렇게 매력이 없나…….

그렇게 생각하니 어쩐지 불안해져서, 여전히 아무 말이 없는 하루카의 표정을 꼭 확인하고 싶었다.

느닷없이 솟아오른 충동을 이기지 못하고 고집을 부리던 것도 잊어버렸다. 나는 일어나서 헤드폰을 벗으며 하루카를 보았다.

"내 말 듣고 있어? ……하루카?"

헤드폰을 벗어서 음악이 멈춘 세계에는 게임의 배경 음악만이 흐르고 있었다.

총소리도 멈추고, 컨트롤러를 조작하는 소리마저 들리지 않았다.

—하루카는 힘없이 팔을 떨어뜨리고 고개를 푹 숙인 채…… 침묵하고 있었다.

"하, 하루카!"

보자마자 이상하다는 걸 깨달았다. 의자에서 허둥지둥 일어나서 하루카의 몸을 흔들었다.

하지만 하루카는 아무런 반응이 없었다. 만지고 있는 어깨는 싸늘하게 식어 있었다. 마치 하루카의 알맹이만이 어단가로 사라져버린 것처럼, 하루카는 힘없이 쓰러졌다.

나는 머릿속이 새하얗게 되었다. 무릎이 덜덜 떨리고 무서워서 눈물이 흘러나왔다.

"싫어……. 거짓말, 거짓말이야……! 누, 누구! 누구 없나요?"

나는 힘없이 늘어진 하루카의 몸을 부축하면서 복도 쪽 문을 향해 외쳤다.

하지만 아무 대답도 들리지 않았다. 여름 방학이라 학교 안에는 그렇지 않아도 사람이 적었다. 게다가 타이밍 좋게 이 교실 주변을 지나가는 사람이 있을 리 없었다.

"제발, 누가…… 누가 좀 도와줘……!"

이미 내 머리는 정상적인 판단을 할 수 없었다. 고개를 숙인 하루카의 몸을 끌어안고, 그저 떨고 있을 수밖에 없었다.

지금 이 손을 놓으면 하루카가 이제 두 번 다시 닿을 수 없는 먼 곳으로 가버릴 것만 같았기 때문이다.

"하느님……!"

내가 그렇게 기도한 순간, 교실 문이 세차게 열렸다.

익숙한 백의를 입은 남자는 나를 향해서 "괜찮아."라고 중얼거리고

―천천히 하루카를 부축했다.

*

병원 대기실에는 무거운 공기가 흐르고 있었다.

때때로 간호사가 분주하게 달리는 발소리가 들렸고, 나는 그때마다 움찔 어깨를 떨었다.

하루카가 실려 온 곳은 수개월 전 언덕 위에 생긴 종합 병원이었다.

응급 치료실 앞의 긴 의자에는 나와 선생님 둘만 앉아 있었다.

꽉 움켜쥔 손수건은 이미 흠뻑 젖었지만, 그래도 내 두 눈에서는 여전히 눈물이 계속해서 넘쳐흘렀다.

"……선생님…… 하루카, 눈을 뜨겠죠? ……다시, 건강해지겠죠?"

나는 이미 몇 번이나 했던 질문을 선생님에게 다시 던졌다.

그런 질문은 분명 선생님을 곤란하게 만들 뿐이라는 사실도 알고 있었다.

그래도 선생님은 "저 녀석도 노력하고 있으니까 분명 괜찮을 거다." 하고 웃으며 내 등을 툭툭 두드렸다.

예전에 내가 어딘가의 병원에 입원했을 때, 할머니도 이런 기분으로 대기실에 있었을까.

마치 출구가 보이지 않는 터널을 구부정한 자세로 걸어가는 듯한 느낌이 들었다.

'분명 괜찮을 거야.'

그렇게 생각해보지만, 지울 수 없는 공포가 싫어도 최악의 결말을 떠올리게 만들었다.

그때 내가 좀 더 빨리 눈치챘다면, 하루카는 이런 일을 겪지 않았을지도 모른다.

내 쓸데없는 고집 때문에 하루카는 홀로 괴로워했던 것이다.

어쩌면 그때, 하루카는 의식을 잃을 때까지 나에게 도와달라고 했을지도 모른다.

그런데 나는…… 나는……!

이렇게 자기혐오에 빠진 적은 없었다.

손수건을 쥔 손에 뚝뚝 눈물이 떨어져서 방울져 흘렀다.

─그렇다. 이제 이렇게 구제 불능인 나는, 하루카 곁에 있을 자격도 하루카를 걱정할 자격도 없겠지.

눈을 뜬 하루카에게 뭐라고 말할 수 있을까?

「무사해서 다행이야. 걱정했어.」라고 말할 참인가?

나는 나만 소중하게 생각했다. 이런 때만 늘 걱정하는 척

하고 착한 척 행동하면서, 그걸로 모든 걸 정리하려고 하다니, 어리광도 유분수지.

선생님이 달려오지 않았다면 나는 아무것도 하지 못했다. 나는 그만큼 무력하고 제멋대로 굴 뿐인 존재였던 것이다.

응급실의 램프가 꺼졌다.
자동문이 열리고 수술복을 입은 하루카의 담당 의사가 모습을 나타냈다.
선생님은 벌떡 일어나 담당 의사에게 달려가서 뭔가 대화를 나누기 시작했다. 하지만 나는 긴장과 공포 때문에 이제 움직일 수도 없었다.
무슨 이야기를 하는지도 알아듣지 못하고 그저 두 사람이 대화를 나누는 모습을 바라보고 있었다.

"……그렇습니까. 부디…… 잘 부탁드립니다."
선생님이 고개를 숙였다. 담당 의사는 두세 마디 더 중얼거리고 복도 안쪽으로 사라졌다.
"서, 선생님…… 하루카는……!"
나는 앉은 상태에서 어지러운 머리로 선생님의 백의 자락을 잡고 그렇게 질문했다. 선생님은 약간 안심한 표정으로 대답했다.

"……지금은 아직 자고 있는 모양이지만, 어떻게 목숨은 건졌단다."

선생님은 내 옆에 털썩 앉았다.

선생님의 이마에 살짝 맺힌 땀이 백의 옷깃에 똑 떨어졌다.

나는 그 말을 듣고 가슴을 쓸어내렸다.

하루카는 살아 있다. 그것만으로도 모든 것이 어찌 되든 상관없을 정도로 기뻤다.

하지만 문득 뇌리를 스치는 하루카의 미소는 이제 닿지 않는 곳에 있는 것만 같아서, 가슴이 무척 아팠다.

……어쩌면 그 녀석은 이제 내가 보기 싫을지도 모른다.

고통스러워하고 있을 때 아무것도 하지 않았던 내가 싫어졌을지도 모른다.

혹시 그 녀석이 지금 눈을 뜬다면 나를 보고 어떤 표정을 지을까.

그렇게 생각하니 두렵고 무서워서 어쩔 줄을 몰랐다.

"……선생님, 제가 하루카의 짐 좀 챙겨 올게요……."

"응? 아— 그러고 보니 그 녀석의 지갑이랑 핸드폰도 놓고 왔구나……. 근데 너 혼자서 괜찮겠냐?"

"괜찮아요……. 선생님은 혹시 하루카가 눈을 뜰지도 모르니까 옆에 있어주세요."

나는 그렇게 말하고 자리에서 일어나서 병원 응급 외래용 현관으로 향했다.
무엇으로부터 도망치고 있었을까. 아무튼 나는 그 자리를 떠나지 않고서는 견딜 수가 없었다.

복도 끝에 있는 현관을 나온 순간, 미적지근한 바깥 공기가 몸을 감쌌다.
혼자 있으니 다시 눈물이 살짝 나올 뻔했지만, 나는 목에 걸고 있었던 헤드폰을 쓰고 뒤돌아보지 않고 걷기 시작했다.

*

학교에 도착했을 무렵에는 이미 저녁이었다.
낮에 비해 울고 있는 매미 소리는 적어지고 바깥 기온도 상당히 떨어졌다.
하지만 조금 서둘러 왔기 때문인지, 교복 셔츠는 땀으로 흠뻑 젖어서 등에 딱 붙어 있었다.

실내화로 갈아 신고 복도를 빠져나가, 실습 교실로 이어지는 오른쪽으로 들어갔다.

학교 안은 조금 전보다 더 고요했다.

앞으로 한 시간만 더 있으면 여기도 완전히 어두워지겠지.

그러고 보니 이 복도에 몇십 명이나 되는 많은 사람이 모였던 학교 축제가 열린 지 벌써 1년 가까이 되었나.

이상한 팬이 모이거나 유령 같은 여자아이와 만나는 등, 그날은 정말로 소란스러웠다. 하루카가 온라인 게임에 빠진 것도 그날부터였고, 처음 동성 친구가 생긴 것도 바로 그날이었다. 그리고…….

"아. 타카네 씨, 오랜만이에요. 어쩐 일이세요?"

별안간 나를 부르는 목소리에 놀라서 헤드폰을 벗었다.

돌아보니 그 앞에는 이 한여름 날에도 붉은 머플러를 두른 소녀가 서 있었다.

"아— 아야노. 오랜만이야. 어라, 왜 학교에 있는 거야?"

내가 물어보자 아야노는 "그게……." 하고 부끄러워 하는 표정을 지었다.

한순간 왜 그러는지 알 수 없었지만, 생각해보니 이런 시기에 동아리 활동도 하지 않는 아야노가 학교에 올 이유는 딱 하나였다.

"……혹시 아야노도 여름 보충 수업 듣는 거야? 1학년인데도?"

"네에, 맞아요. 벌써 성적이 많이 안 좋은 모양이라……."

아야노는 땅을 내려다보며 "후후후……." 하고 어쩐지 기분 나쁜 웃음을 흘렸다.

어둡게 가라앉은 눈을 보니 아야노의 성적은 상당히 위험한 상태겠지.

"……힘들겠네―. 이해해."

"어라, 그러고 보니 타카네 씨도 여름 보충 수업을 받고 있다고 아버지가 말씀하신 듯한……?"

……그 선생님은 정말로 쓸데없는 말만 나불거린다. 자신의 딸에게라면 무슨 말을 해도 된다는 건가.

"음, 뭐― 그 이야기는 그쯤 하자. 서로 우울해질 뿐이고……. 아, 그러고 보니 오늘은 그 녀석이 없네?"

나는 주변을 두리번두리번 경계하며, 그 짜증 나는 분위기를 풍기는 인물이 없는지 살폈다.

하지만 그 녀석의 기척은 느껴지지 않았다.

"신타로 말인가요? 아, 그 아이는 머리가 엄청 좋아서 여름 보충 수업 같은 건……."

아야노는 신타로의 화제가 나오자마자 살짝 흥분한 말투가 되었다. 참 알기 쉬운 아이다.

"아― 그러고 보니 그 녀석은 머리가 좋았던가. 아야노도 힘들지? 그런 제멋대로인 녀석을 돌봐 주는 거."

"네~? 그렇지 않은데요? 의외로 이야기 해보면 좋은 아이라구요? 조금 부끄러움을 타서 그렇지……."

아야노는 그렇게 말하고 생긋 웃었다.

아— 이 아이의 성격이라면 장래에 고생하겠지. 나에게는 단지 제멋대로인 어린애로만 보이지만, 이 아이에게는 그런 모습도 귀여워 보이는 거겠지.

"그렇구나. 뭐, 그렇다고 해도 조금 더 다른 사람에 대한 태도를 좋게 하는 게……. 정말 그 녀석은 아야노 같은 아이가 곁에 있으니 어리광도 부릴 수 있고…… 행복한 녀석이네."

내가 그렇게 말한 순간, 어쩐지 아야노의 표정이 조금 어두워졌다.

혹시 내가 뭔가 하면 안 되는 말을 해버린 걸까.

그럴 생각은 아니었지만…….

"……아니요. 저로는 부족해요. 그 아이보다 더 제멋대로이고 그 아이를 이끌어줄 건강한 아이가 곁에 있어야……. 저는 항~상 뒤를 따라다닐 뿐이고, 아무것도 못 하니까요……."

아야노는 그렇게 말하고 "에헤헤." 하고 머리를 긁었다. 아니, 잠깐 기다려. 그 녀석보다 제멋대로인 녀석 같은 건 이 세상에 존재하지 않을 텐데. 제멋대로에, 고집쟁이에, 진심을 터놓지 않는 종잡을 수 없는 녀석. ……어라……?

"있을 리 없지~."

"네? 뭐라고 하셨어요?"

"어, 아, 아니! 아무것도 아니야! 그냥 내 혼잣말! 그보다 아야노, 불러 세워서 미안해. 이제 슬슬 돌아가야 하지?"

나는 허둥지둥 손을 흔들며 얼버무렸다.

"아— 아뇨. 저야말로 이야기를 나눌 수 있어서 즐거웠어요. 음…… 이제 돌아가려던 참이었는데—. 타카네 씨, 이왕이면 같이 돌아가지 않으실래요?"

"아, 아니…… 오늘은 조금……. 하루카가 쓰러져서 말이지. 그 일로 선생님도 지금 병원에 계셔. 나는 하루카의 짐을 가져다 줘야 해서……."

내가 그렇게 말하자 아야노는 깜짝 놀라서 굽실굽실 고개를 숙였다.

"어머, 죄, 죄송해요! 그런 줄도 모르고 불러 세워서……. 바로 가셔야 하죠? 하루카 씨, 상태는 괜찮으신가요……?"

"아, 아냐! 아직 의식은 돌아오지 않았지만 생명에는 별지장이 없는데다 선생님도 곁에 있으니까 괜찮아. 게다가…… 내가 가봤자 민폐일 테고……."

나도 모르게 튀어나온 말이 너무 자학적으로 들려서, 어쩐지 가슴이 답답해졌다.

왜 그런 말을 내뱉은 걸까. 아야노와는 관계없는데.

"……타카네 씨, 무슨 일 있었나요? 민폐라니, 하루카 씨가 그렇게 생각할 리 없잖아요."

"응……. 하지만 자꾸 그렇게 생각하게 돼. 면목이 없어서……. 그러니까 이제 가능하면 짐도 접수처에 맡기고 돌아가고 싶을 정도라서……."

내가 말하면서도 우물쭈물하는 태도에 질린다. 사실 하루카가 그렇게 생각할 리 없는데.

문득 아야노의 얼굴을 보자 평소의 온화한 인상과는 다르게, 볼을 살짝 부풀리고 화가 난 듯한 표정을 짓고 있었다.

처음 보는 표정에 나는 움찔했다.

"타카네 씨. 타카네 씨는 자신의 마음에 너무 솔직하지 못해요. 사실은 어떻게 하고 싶은지 알고 있으면서. 무서우니까 하루카 씨 탓으로 돌리고 있을 뿐이잖아요?"

나는 뚫어지게 나를 노려보는 아야노의 눈동자에 압도당했다.

"그, 그게 아니라……."

"아니요. 제 말이 맞아요. 꼭 하루카 씨와 만나서 솔직하게 이야기해야 해요. 게다가……."

아야노는 거기까지 말한 뒤 뭔가 떠올랐는지 슬픈 표정을 지었다.

그리고 다음 말을 꺼내기 위해서 작게 숨을 들이쉬었다.

"……전하고 싶어도, 이미 늦은 경우도 있어요. 지금이라면 분명 늦지 않았어요. 그러니까 용기를 내세요."

아야노는 그렇게 말을 다하고 평소처럼 온화하게 웃는 얼굴로 돌아왔다.

"아야노……."

"뭐, 차이게 되면 그땐 제가 위로해드릴게요! 그럼 저는 이만 실례할게요."

조금 찡한 기분에 빠져 있었던 모양이다. 하지만 아야노가 한 그 말에 얼굴이 달아올라서 그 기분은 순식간에 날아가 버렸다.

너무 부끄러워서 바로 변명하려고 했지만, 아야노는 벌써 신발장 쪽을 향해서 뛰어가고 있었다.

"뭐, 뭐……. 아으…… 들켜버렸네……."

이제 아야노의 모습은 보이지 않았다. 나는 고개를 숙인 채 다시 과학실을 향해 걷기 시작했다.

……내 솔직한 마음.

나는 이미 속마음을 감추는 것이 습관이 되어 있어서, 나도 내 속마음을 잘 알 수 없었다.

너무 어렵다. 뭘 어떻게 하고 싶은 것인지도 잘 모르겠다.

지금까지 그래 왔던 것처럼 같은 교실에서 지금과 마찬가지로 지낼 수 있다면 그걸로 좋다.

그렇다면 차라리 파란을 일으키지 말고, 이대로 조용히 지내는 편이 낫지 않을까.

—내 마음속에서 그런 갈등이 생겼다.

그렇다. 이것도 항상 했던 생각이다.

나는 항상 이런 식으로 아무것도 전하지 않은 채 지금까지 그 녀석과 지내왔다.

하지만 정말 이대로 괜찮은 걸까······.

벌써 눈앞에는 익숙한 과학실 문이 있었다.

그래. 매일 이 문을 여는 순간부터 긴장되는 하루가 시작되는 것이다.

숨을 들이쉬고 문을 열었다.

『타카네, 좋은 아침.』

눈을 깜박인 순간····· 그 녀석이 나에게 말을 거는 듯한 기분이 들었다. 하지만 아무도 없는 교실 안, 우리 책상 위에는 하다 만 게임과 참고서가 산처럼 쌓여 있을 뿐이었다.

심장이 두근두근하고 크게 뛰기 시작했다.

그것은 분명 내가 찾고 있었던 것일지도 모른다.

나는 복도로 뛰쳐나갔다.

이제야 겨우 깨달았다······!

내가 지금까지 계속 전하고 싶었던 것.

지금이라면 말할 수 있다.

그래. 지금이라면 분명……!

흘러넘칠 듯한 마음에 가슴이 벅차올라서, 한시라도 빨리 그 녀석이 있는 곳으로 가기 위해,
발은 지면을 찼다―.

……그렇게 하려고 했다.

갑자기 복도의 벽이 구불텅하게 왜곡되더니, 지면이 굉장한 기세로 눈앞으로 다가왔다.
내동댕이쳐질 정도의 충격으로 내 몸은 지면에 쓰러졌다.

"컥……. 하……앗……!"
숨을 제대로 쉴 수 없었다.
몸을 움직이려고 해도 겨우 손끝만 살짝 움찔움찔 움직일 수 있었다.
……설마, 설마 이런 타이밍에……!
잊고 있었던 공포가 머릿속을 지배하기 시작했다.
그와 동시에 불합리할 정도의 수마(睡魔)가 내 의식을 빼앗기 시작했다.

……싫어. ……싫어!

저항할 방법도 없이 점점 흐릿해져 가는 의식 속에서,

내 두 눈은 마지막으로 복도 앞에 서 있는 희미한 사람 그림자를 바라보고 있었다.

—저 사람이 왜 여기에 있는 걸까.

여기에 있을 리가 없는데.

그 모습조차도 인식할 수가 없었다. 결국 제한 시간이 가까워졌다.

갑자기 아야노가 말한 "전하고 싶어도, 이미 늦은 경우도 있어요."라는 말이 떠올랐다.

나는 정말 엄청난 바보다. 이런 간단한 것을 전하는데, 너무 뜸을 들였다.

흐릿해져 가는 의식 속에서 나는 마지막 그 순간까지, 그 말을 계속 되뇌었다.

『—하루카, 정말 좋아해.』

헤드폰 액터 Ⅳ

←─────────────────────────────

내 마지막 말은 전해졌을까.

이제 확인할 수는 없지만, 확실히 전해졌다. 그런 느낌이 들었다.

이상한 감각이었다.

미지근한 물 위에 떠 있는 듯한, 하늘을 날고 있는 듯한…….

그래. 마치 무언가에 의해 눈이 떠진 듯한 감각이다.

그렇게나 차올랐던 숨도, 끊어질 듯이 아팠던 다리도, 항상 나를 짜증 나게 했던 졸음도…… 지금 나는 아무것도 느낄 수 없었다.

나는 죽은 것일까.

어쩌면 이 무한하게 느껴지는 어둠이 사후 세계일지도 모르겠다…….

　조금 더 동화 같은 느낌일 것이라고 상상했지만, 하느님도 의외로 대충대충 하시는구나.

　적어도 빛 정도는 밝혀줘도 좋을 텐데…….

　"하아, 뭐가 뭔지 전혀 모르겠……. 어라?! 아! 아~! 아~! ……목소리는 나오네. 으~음…… 음~ 몸도…… 있네."

　나는 자신의 몸을 여기저기 더듬었지만, 아무래도 몸도 목소리도 확실히 자각할 수 있는 모양이었다.

　"그럼, 여긴 어디지. 어딘가에 갇힌 것 같지도 않고……. 조금 전에 본 건, 이상한 꿈을 꾼 걸까……."

　문득 나는 조금 전에 겪은 비장했던 기억을 떠올렸다.
　아비규환의 거리.
　무너져가는 하늘.
　느닷없이 들려온 또 다른 『내』 목소리…….
　떠올린 것만으로도 오싹하고 소름이 돋았다.
　그리고 나는 내가 「소름이 돋았다.」는 사실을 깨달았다.
　도대체 왜 이런 불가사의한 일이 일어났을까.
　목소리는 나오지만 숨을 쉬고 있다는 감각은 없었다.

몸은 만질 수 있지만 체온은 느껴지지 않았다.

이것이 「죽었다.」라는 것이라면 납득할 수밖에 없을지도 모르지만, 아무래도 이해할 수 없는 일이 있었다.

그 복도에서 눈을 뜨기 전, 내 몸에는 도대체 무슨 일이 일어난 것일까.

이 감각은 지금까지 몇 번이나 경험한 적이 있다.

「갑자기 잠들어 버린 뒤에 눈을 떴을 때」의 감각이다.

실제로 나는 그 복도에서 눈을 뜨기 전에 있었던 일이 전혀 기억나지 않았다.

아마도 나는 「병」 때문에 정신을 잃고 그곳에서 눈을 떴겠지.

지금까지 몇 번이나 있었던 일이니까 크게 놀랄 일도 아니지만…… 이번에는 눈을 뜬 뒤의 상황이 평소와 전혀 달랐다.

이제까지 이런 식으로 꿈 같은 현상에 삼켜져서, 어둠 속을 헤맨 적은 없었다.

"음~! 모르겠다! 정말 여긴 도대체 어디야?! 저기, 누구! 누구 없나요~!"

나는 그렇게 외쳤다. 그 때문인지는 모르겠지만 갑자기 어둠 속에서 네모난 TV 화면 같은 것이 오도카니 떠올랐다.

그 저편으로 무수히 많은 모니터와 전선이 마치 생물처럼 천장을 둘러치고 있는 모습이 비쳤다.

"우, 우와아! 깜짝 놀랐네……. 이건 도대체 뭐야……. TV?"

가까이 다가가서 자세히 들여다보자, 그곳은 실험실처럼 보이는 어두운 방이었다.

각각의 모니터는 뭔가의 파라미터와 시간을 표시하고 있었다.

내가 그 방을 들여다보고 있는 이 사각형 틀도 방 안에 있는 모니터 중 하나인 걸까.

그것조차 확인할 방법이 없었다.

주위는 완전한 어둠. 사각형으로 도려낸 창문 같은 화면에서 보이는 이 방만이 지금 내가 알 수 있는 전부였다.

그렇다 하더라도 그 세계는 도대체 뭐였을까. 내가 느끼기에는, 그때 자신이 살고 있던 세계가 마치 종이로 만든 연극 소품처럼 무너지는 것 같았다.

뭔가 전해야만 한다고 필사적이 되었던 그 이유도, 결국 잘 알 수 없는 상태였다.

"음~ 어두워서 잘 보이지 않지만…… 누가 이야기를 하고 있나?"

화면에서 나오는 빛만이 방을 비추고 있어서 볼 수 있는 것은 한정되어 있었다.

단지 이 사각형 창문을 통해 희미하지만 소리가 들려왔다.

"……즈1은 일단 성공이군. 하하…… 설마 단번에 일이 이렇게 잘 풀릴 줄은……. 1년 동안 준비한 보람이 있군."

나는 창문에 귀를 딱 붙였다. 창문을 통해서 내가 잘 아는 사람의 목소리가 들려왔다.

"……선생님? 왜 이런 곳에……."

나는 목소리의 주인을 어떻게든 확인하기 위해서, 자세를 바꾸고 사각형 창문 안으로 시선을 집중했다.

아주 조금이지만 조금 전보다 소리를 더 또렷하게 들을 수 있었다.

눈이 어둠에 익숙해졌는지 어둑한 방 전체 모습도 점점

더 뚜렷하게 보였다.

하지만 내 눈에 들어온 것은 전혀 믿을 수 없는 광경이었다.

어두워서 보이지 않았던 방 안쪽에는 커다란 뢴트겐 기계 같은 것이 놓여 있었다.

침대 윗부분에는 기계를 가로지르듯이 하얗고 동그란 문이 설치되어 있었다.

바늘이 흔들리지 않는 심전도 같은 모니터와 몇 개의 버튼. 문에서 뻗어 나온 코드는 마치 침대 위에 누워 있는 사람과 기계를 잇는 것처럼 몸 여기저기에 연결되어 있었다.

"저건…… 나, 나……?!"

침대에 누워 있는 사람은 분명 나였다. 하얀 환자복 같은 옷을 입고 머리에는 헤드폰 같은 형태의 기계를 쓰고 있었다.

"이, 이게 도대체 어떻게 된 일이지? 나는 분명 여기에 있는데……!"

그때 나는 퍼뜩 깨달았다.

설마 이것이 「유령이 되었다」는 걸까.

실제로 내 의식은 이곳에 있는데 내 몸은 틀림없이 저 침대에 누워 있다.

그렇다는 말은…….

"설마, 정말로 내가 죽은 거야……? 거짓말……!"

너무나도 충격적인 광경에 나는 힘이 풀렸다.

그리고 나는 여기서 어이없게도 내가 「힘이 풀렸다.」는 사실도 깨달았다.

설마 내가 그렇게나 믿지 않았던 「유령」이 될 줄은…….

학교 축제 때 찾아왔던 소녀도 그러면 정말 유령이었을지도 모른다.

아니, 소년은 초능력자라고 말했던가?

어느 쪽이든 나는 초자연 현상이 있다는 사실을 인정할 수밖에 없었다.

나는 의외로 평상심을 유지하고 있었다.

놀라기는 했지만 죽었다고 해서 소멸한 것은 아니다.

실제로 이렇게 생각할 수 있고 인식할 수 있는 이상, 내가 여기에 존재하고 있다는 사실은 틀림없다.

"……하지만 이제부터 어떡하면 좋을까. 아까 선생님의 목소리가 들렸으니까 분명 어딘가에 계실 텐데……. 어떻게든 내가 여기에 있다는 사실을 알아채고 도와주지 않으려나……."

나는 다시 방 안을 두리번두리번 관찰하기 시작했다. 조금 전에 듣기론 좀 더 오른쪽에 있었던 것 같은데…….

나는 사각형 창문에 얼굴을 찰싹 붙이고 어떻게든 오른쪽을 들여다보려고 애썼다.

그러자 이제껏 사각지대라서 보이지 않았던 방 안쪽이 확실하게 보였다.

그곳에 있는 것은 거대한 수조…… 아니, 포르말린 표본 용기를 거대하게 만든 것 같은 물탱크와 그 앞에 서 있는 선생님의 모습이었다. 하지만 나는 찾고 있었던 선생님의 모습보다도 그 용기 안에 들어 있는 사람의 모습에 경악했다.

"하, 하루카……?!"

순간 하루카라고 생각했지만 그 모습은 내가 알고 있는 하루카의 모습과는 달랐다.

침대 위에 누워 있는 내 몸과 마찬가지로 온몸에 코드를 꽂고 고개를 숙인 채 물속에서 흔들리는…… 하얀 머리카락과 연분홍색 눈을 지닌 청년이 그곳에 있었다.

"저건 분명히 하루카가 만든 『코노하』……? 하, 하지만

왜……?!"

차례차례 일어나는 비현실적인 사태에, 나는 이미 머리가
잘 돌아가지 않았다.
나는 왜 죽었지?
코노하는 왜 저기에 있지?
그리고 왜 선생님이 여기에……?

생각이 잘 정리되지 않았다. 사각형 창문에서 다시 선생
님의 목소리가 들렸다.

"어쨌든 『열쇠』는 손에 넣었다. 이걸로 다음 『아지랑이 데
이즈』를 열 수 있어. 코노하…… 너는 아직……."

거기까지 들은 그 순간, 사각형 창문에서 거대한 모래 폭
풍이 불었다.
무슨 일인가 하고 사각형 창문에 손을 대자, 어슴푸레하
게 비치던 내 손의 실루엣이 마치 이미지 파일이 모자이크
처럼 깨져 보이듯이, 끝에서부터 점차 무너지기 시작했다.

"힉……! 우, 우와아아아아! 이, 이게 뭐야?! 몸이……!"

다음 순간, 사각형 창문 저편에 비친 무수히 많은 모니터에 「DELETE」라는 문자가 표시되었다.

"애…… 애교를 부리라고[#3]?! ……데헷☆."

나는 지시받은 대로 더할 나위 없이 있는 힘껏 애교를 부렸다.
—하지만 상황은 조금도 변함이 없었다.
그럼 조금 전 지시는 도대체 뭐였던 거지……?

"꺄아아아! 아무것도 바뀌지 않잖아! 아아아, 다리가 사라지고 있어……! 가, 가슴은……. 뭐 처음부터 없었지만……."

마치 꿈이라도 꾸고 있는 것처럼 내 몸은 순식간에 사라져갔다.
이제 뭐가 뭔지 모르겠다.
하지만 분명 다 끝날 일이다. 틀림없다.
눈을 뜨면 지각 직전인 우리 집 침대 위라는 상황이 아닐까. ……그럴 리 없겠지.
그런 바보 같은 생각을 하는 동안, 내 몸은 벌써 완전히

#3 애교를 부리라고 영어 DELETE를 애교를 부리라는 뜻의 일본어 '데레테(デ レ テ)'로 읽은 것.

소멸하기 직전이었다.

　나는 어쩔 도리가 없어 잠시 "하느님!" 하고 중얼거렸지만, 그런 보람도 없이 다음 순간—.

　눈앞이 새카매졌다.

『……가련한 계집이구나. 몸을 잃었는데 더 살아봤자 무슨 의미가 있지?』

아— 역시 몸이 사라졌구나……. 그럴 거라고 생각했지만.

『돌아온다고 해도 네가 있을 곳 따위는 어디에도 없을 텐데?』

그렇다면…… 그렇다면 내가 만들 거야. 어떤 곳이든 그곳을 내가 있을 곳으로 만들면 돼.

『무척 오만한 계집이구나. 그렇게나 이곳을 벗어나고 싶은가?』

그, 그야 당연하지! 이대로는 내가 왜 이렇게 됐는지도 모르겠고…….

『……빠져나가고 싶다면 「눈」을 떠라…… 계집.』

—어?! ……그보다 당신은 누구?

내가 물어보려고 한 순간, 갑자기 눈이 타는 듯이 뜨거워졌다.

그와 동시에 어두웠던 세계에 번개가 쳤다.

순간 캄캄해졌던 시야가 걷히자 눈앞에― 로그인 화면이 나타났다.

그것은 나에게 가장 친숙한 광경이었다.

"―과연, 그런 거군. 그럼…… 우선 내가 있을 곳부터 찾을까. 가능하면 지루할 일 없는 곳이 좋겠지."

나는 익숙한 속도로 로그인 화면에 패스워드를 입력했다.

「WELCOME」

시야가 확 트이자 기분이 상쾌해졌다. 나는 상쾌한 기분을 느끼며 문자열의 바다로 뛰어들었다.

푸른 나침반이 세차게 돌아가기 시작하고 0과 1로 가득찬 하늘이 펼쳐지면서, 번개의 새가 어지러이 날았다.

―내 길고 긴 전뇌 기행은, 여기서부터 시작되었다.

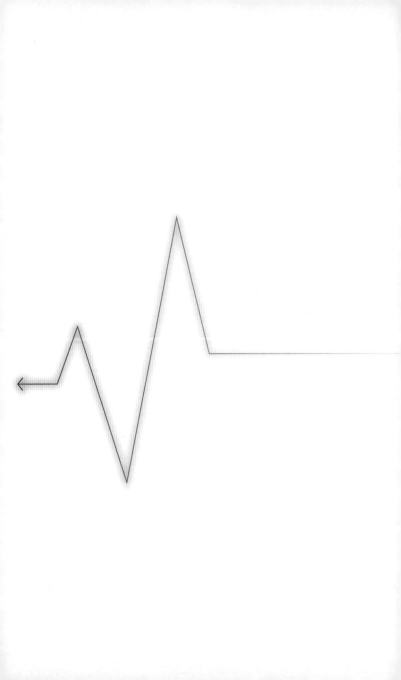

추상 포레스트

8월 15일, 한 여름날.

시가지에서 조금 떨어진 교외의 도로는 사람과 차의 소음이 적은 대신 매미 소리가 성대하게 울려 퍼지고 있었다.

끝없이 이어지는 외길을 따라 가는 곳마다 낡은 도로 표지판과 작은 민가만이 여기저기 흩어져 있었다.

제대로 포장 되지 않은 보도에는 눈에 띄게 금이 가 있었다. 보도 옆은 역시 사람의 손길이 닿지 않아 잡초가 무성했다.

이제 막 한낮이 지났을까. 벌써 몇 시간째 이 길을 걷고 있는 것처럼 느껴지지만 실제로는 몇십 분 정도밖에 지나지 않았겠지.

때때로 지나치게 가혹한 상태에서 체감하는 시간은 실제

보다 길게 느껴진다.

—사건의 발단은 어제로 거슬러 올라간다.

나, 키사라기 신타로는 약 2년 동안 지속했던 은둔형 외톨이 생활에서 벗어나 어째선지 바깥세상으로 뛰쳐나오는 처지가 되었다.

어째선지 라고 해도 악질적인 바이러스·에네의 난폭한 행동으로 컴퓨터 부품이 고장 나서 근처에 있는 백화점으로 쇼핑하러 가게 되었다는 지극히 단순한 이유다.

하지만 쇼핑하러 간 백화점에서 아마 몇만 분의 일의 확률로만 일어날 「테러리스트의 습격」을 맞닥뜨려서 인질이 된 끝에 총에 맞았다.

……여기까지만 해도 이 이야기가 사실인지 미심쩍겠지만, 본론은 여기서부터다. 이야기를 계속해보겠다.

총에 맞은 나는 마침 그 사건 현장에 있었던 기묘한 조직에게 도움을 받았다.

투명인간이니, 메두사니, 카멜레온 같은 남자가 소속되어 있는 『메카쿠시단』이라는 조직이다.

……확실히 테러리스트보다 이 조직이 훨씬 더 수상해 보인다. 하지만 내 상처를 치료해주고 간병해준 것을 보면,

아무래도 나쁜 녀석들은 아닌 것 같다.

　―여기까지는 그나마 괜찮았다.

　여러 가지로 딴죽을 날리고 싶은 기분을 최대한 억누르면서 "감사합니다. 그럼 이만―." 하고 집으로 돌아가 다시 은둔형 백수 생활을 음미할 수 있다면, 갖은 의문에 대해서도 잊어버릴 수 있었겠지.

　하지만 「카노」라는 남자가 멋대로 주절주절 꺼낸 이야기를 "오, 그렇습니까." 하고 적당히 듣고 있었더니 "비밀을 알아버린 이상 집으로 돌려보낼 수는 없다."라는, 우리는 범죄 조직인데 앞으로 잘 부탁해 같은 전개가 되어버린 것이다.

　―물론 나도 반론했다.

　밤새 의식을 잃었던 나를 간병해준 것에는 감사했다.

　하지만 그렇다고 해서 하라는 대로 따를 생각도 없었고, 오랜만에 방에서 나온 충격으로 몸과 정신이 너덜너덜 피폐했다.

　애초에 누군가에게 그런 이상한 이야기를 하면 "너야말로 머리가 이상한 거 아냐?"라는 말을 들을 것이 틀림없다.

　따라서 다른 사람에게 말할 일은 없다. 단언했다.

　……그러나 우리 집의 역귀(疫鬼) 같은 바이러스 「에네」가 "주인님, 최고로 재미있는 전개네요!" 하고 알기 쉬운 반응을 보여서, 내 부끄러운 비밀 정보와 함께 메카쿠시단에 입단했다.

필사적으로 설득한 것도 무색하게 나도 울며 겨자 먹기로 입단하는 처지가 되어서, 지금은 메카쿠시단 No.7 「신타로」 라는 자리를 얻었다.

『엄마, 나 친구 생겼어! 메카쿠시단이라는 조직에 들어갔어! 단원 No.7이야! ……어? 내 나이? 에이~ 엄마도 참! 열여덟 살이잖아!』

─죽고 싶다. 정말 죽고 싶다. 절대로 말할 수 없어.

"저기, 오빠 정말 보기만 해도 더운데……. 그 옷 완전 이상해."

홀로 머릿속에서 독백을 늘어놓고 있는데, 조금 전부터 옆에서 걷고 있던 여동생 「모모」가 불만스러워 보이는 태도로 말을 걸었다.

두 살 아래인 여동생은 올해로 열여섯 살이 된다. 불과 얼마 전까지…… 그렇다고는 해도 몇 년 전이지만, 그 시절에는 "오빠, 오빠." 하고 응석부리길 좋아하는 귀여운 여동생이었다.

하지만 고등학교에 올라가더니 여동생이 나를 대하는 태도가 급변했다.

여고생이 흔히 취하는 고압적인 태도로 나오기 시작한 것이다.

게다가 뭐가 잘못된 건지 아이돌이 돼서 온 거리에 여동생의 포스터가 붙는 등, 상당한 인기를 구가하는 모양이다.

여동생이 발전하는 모습은 기쁘지만, 나와의 격차가 너무 벌어져서 최근에는 대화를 할 기회도 좀처럼 없었다.

하지만 아이돌로 활동하면서 스트레스를 많이 받았나 보다. 어제 소속사와 상의한 끝에 당분간 휴식을 취하기로 한 것 같다.

친구도 별로 없었던듯하지만 메카쿠시단 녀석들과는 친구 같은 관계인 모양이다. 오빠로서는 기분이 복잡하면서도 조금 안심이 되었다.

"—오빠, 땀도 엄청 흐르는데 이제 벗으라니까. 인내심 대회 하는 것도 아니면서……."

확실히 흐르는 땀과 이 기온 때문에 입고 있는 저지의 내부는 사우나 같았다.

벗는 게 나을지도 모르지만 피부가 약해서 햇볕에 타긴 싫었고, 애초에 나는 의복 문화의 최고봉, 최고의 멋쟁이 아이템인 「저지」에 매료되어 도저히 벗을 수 없었다.

일찍이 친구(여자아이)에게 "신타로는 저지가 잘 어울리는

구나."라고 칭찬 받은 일이 저지를 입게 된 계기였다. 하지만 지금은 그 말이 일종의 저주와 같을지도 모르겠다.

"저~기~. ……정말! 오빠, 내 말 듣고 있어? 내가 다 덥다니까!"

집요하게 불평하는 모습을 보니 이 녀석은 아마 더위와 피로에 대한 불만을 나에게 풀고 있는 것이겠지.
기분은 알겠지만 어딜 감히. 나도 마찬가지다. 가만히 듣고만 있는 것도 슬슬 짜증이 나서 여동생의 도발을 받아들이기로 했다.

"딱히 내가 직접 민폐를 끼치는 것도 아니잖아? 그보다~ 너야말로 그 옷은 뭐냐……. 버라이어티 방송에서 벌칙 게임할 때 입는 옷 같아."
모모가 입고 있는 파카는 가슴에 커다랗게 『쇄국』이라고 적혀 있었고 예능인이라도 입지 않을 정도로 촌스러웠다.
다른 사람이 보면 아마 「아, 이 사람 상당히 나쁜 짓을 해서 벌을 받고 있구나…….」하고 착각하겠지.
"뭐—? 이 옷이 얼마나 귀여운지 모르다니……. 역시 오빠는 센스가 없어! 그보다 오빠야말로 그 저지, 개그맨이 하는 히치하이크 방송에라도 나갈 셈이야? 어딘가의 농가라도 찾아가서 채소 맛있다며 통곡이라도 하고 와."

그 옷이 어지간히 마음에 드는지 모모도 상당히 가시 돋은 말투로 응전해 왔다.

하지만 저지의 존엄을 지키기 위해서라도 여기서 질 수는 없다.

소중히 간직해두었던 모모의 「약점」을 파고들기로 하자.

"시끄러워. 다 알고 있어. 네가 매일 밤 혼자서 게임 플레이 실황 동영상을 보며 웃는 거. 그거 기분 나빠. 어두운 방 안에서 마른 오징어를 씹으면서 말이지. 네가 무슨 아저씨냐⋯⋯."

나에게 예상 밖의 공격을 받은 모모는 무척 초조해하기 시작했다.

"잠⋯⋯ 어떻게?! 어떻게 그걸 알고 있는 거야?!"

기세등등했던 모모의 얼굴은 순식간에 파랗게 질리더니, 지금은 점점 붉게 달아오르고 있었다.

나는 더욱 몰아붙이듯이 계속했다.

"그야 화장실에 가려고 네 방 앞을 지나갈 때 『후⋯⋯ 후후⋯⋯.』하고 이상한 소리가 들려오니까 그렇지. 문도 반쯤 열어놓는데 모를 수가 있나."

그렇게 말을 다 마치자 모모는 반박할 말이 없다는 표정으로 부들부들 떨면서 주먹을 쥐었다.

이겼다. 어차피 여동생이다. 오빠를 당해낼 수 있을 리 없다.

"최…… 최악! 믿을 수 없어! 어차피 오빠야말로 평소에 야한 동영상만 보잖아? 에네가 말했어! 『주인님의 성욕은 한계라는 게 없는 모양이라……』라고! 듣는 내가 낯 뜨겁더라!"

싸움에서 이기고 우쭐했던 기분이 밑바닥까지 확 떨어졌다. 더위로 나온 땀을 밀어내며 식은땀이 단숨에 솟아나왔다.

"너, 너, 너, 너 무슨 말을……!"

"글쎄, 말 그대로인데?!"

"마, 말 그대로라니……?! 아, 아아~ 과연. 그거 이상한 광고를 클릭했을 때잖아?! 그런 실수는 누구나 하는 법이야!"

"흐음…… 실수를 하루에도 몇 번씩이나 하는구나. 에네는 『주인님은 그럴 때마다 자주 안절부절못하면서 방을 나가요.』라고 말하던데……."

머릿속에서 비상벨이 세차게 울리기 시작했다.

나, 키사라기 신타로는 생명의 위기에 처했다! 지금 당장이라도 주머니에 들어 있는 이 핸드폰을 하수구에 던져버리고 싶지만, 지금은 그보다도 먼저 화제를 돌려야만 했다. 이미 모모는 나를 쓰레기 보는 듯한 시선으로 바라보고 있었다. 하지만 아직 기회는 있을 것이다. 아직 기회는……!

"뭘~ 그렇게 즐겁게 이야기 하심까! 우와— 역시 남매. 정말 사이가 좋습다!"

"아얏—!"

갑자기 뒤에서 등을 맞는 바람에 놀라서 뛰어올랐다.

허둥지둥 뒤돌아보자, 복슬복슬한 하얀 털 뭉치 같은 것을 등에 업은 청년이 서 있었다. 체격이 좋은 몸에 녹색 점프 슈트를 입은 청년이 우리를 보며 상큼한 미소를 지었다.

저 청년은 내가 가입한 메카쿠시단의 단원이다.

그러고 보니 이 녀석은 계속 우리 뒤에 있었을 것이다. 그렇다면 나와 모모가 나눈 이야기도 다 들었을 텐데…… 설마 여동생에게 비난 받고 있는 나에게 구원의 손길을 뻗어 준 것일까.

"……당신은…… 음, 젯토 씨였나?"

대화를 시도하기 위해서 어렴풋이 떠오르는 기억에 의지하여 이름을 말한 것이 잘못이었다. 아무래도 틀렸나 보다. 모모가 바로 내 옆구리를 팔꿈치로 찔렀다.

"크헉." 하는 신음 소리와 함께 숨이 터져 나왔다.

"셋토 씨라니까! 아침에 소개했잖아?! 정말 오빠가 사람 이름 기억 못 하는 건 알아줘야 돼……."

모모가 무례한 녀석이라고 말하는 듯한 표정으로 나를 노려보았다. 모모가 계속해서 설교를 하려고 했을 때, 점프 슈트를 입은 남자의 등에 업혀 있던 복슬복슬한 하얀 덩어리가 불만스러운 목소리로 말했다.

"……아니야. 세토야……."

세토라고 불린 남자의 등 너머로 분홍색 눈이 우리를 응시하고 있었다.

복슬복슬 하얗고 긴 머리를 지닌 마리는 뚱한 표정으로 계속해서 정정했다.

"세토인걸……. 이름이 틀리면…… 불쌍해."

모모는 마리가 뚫어질 듯한 시선으로 바라보자 뜨끔한 표정을 지었다.

순간 모모가 내 얼굴을 힐끔 바라봤다.

"하하하하! 마리, 괜찮습니다. 셋토라는 이름도 멋지네요!"

세토는 전혀 신경 쓰지 않는다는 태도로 마리를 달랬다.

마리는 "으음……." 하고 조금 납득이 가지 않는다는 태도로 세토의 어깨에 얼굴을 묻으며 다시 입을 다물었다.

잠시 침묵이 흘렀다. 모모는 그것을 무시하고 아무 말 없이 좀 더 빨리 걸어가려고 했다. 하지만 그렇게 둘 수는 없다.

"……어이."

나는 불만스러운 말투로 모모에게 따졌다. 그야 그럴 수밖에 없다. 내 옆구리를 팔꿈치로 때리기까지 하면서 가르쳐준 이름이 전혀 다른 이름이었다. 이런 상황이라면 누구라도 화를 낼 것이다.

"어떻게 된 일이야……."

"오, 오빠도 잘 몰랐잖아? 내가 말한 이름은 본명에 가깝기라도 하지……."

"가깝고 멀고의 문제가 아니잖아! 셋토라니 뭐야!"

쓸데없는 말다툼을 하는 우리를 보고 세토가 "핫핫하!" 하고 호쾌하게 웃었다.

오늘 아침에 막 만났을 뿐이지만 세토는 겉과 속이 같다고 할지, 어떤 일이라도 받아들이는 「도량」을 지닌 모양이다.

나와 모모는 당사자가 가볍게 웃어넘긴 일로 시시한 말다툼을 했던 것이 몹시 부끄럽게 느껴졌다.

"으으……. 세토 씨 죄송해요. 이름을 틀려서……. 마리도 기분 나쁘게 해서 미안해……."

모모가 휙 돌아서서 두 사람에게 사과했다.

마리는 세토의 어깨에서 고개를 들고 "……셋토라는 이름도 조금 멋있을지도……." 하고 중얼거렸다.

그 말을 들은 모모는 휴우 하고 안도의 한숨을 쉬었다.

"그나저나 당신, 이렇게 더운 날씨에 잘도 사람을 업고 다니는구나."

"네? 아― 전 평소에 아르바이트 하면서 여러 가지를 짊어지곤 하니까 전혀 문제 없슴다. 마리는 가벼워서 편한 쪽임다."

확실히 세토는 체격이 좋다. 2년 동안 자택 경비 업무로 단련된 내 가는 팔로는 여자아이는커녕 어린아이를 업는 것도 힘겨울 텐데……. 대단한 녀석이다.

시야의 끝에서 모모가 나와 세토를 번갈아 본 뒤 "훗." 하고 코웃음 친 것은 못 본 것으로 하자. 응.

"하지만 마리도 자꾸 이러면 안 됨다! 평소에 제대로 운동을 하지 않으니까 오늘처럼 나오자마자 바로 지쳐버리는 검다."

"으, 응……. 앞으로는 잠깐씩이라도 산책할게……."

마리는 집을 나온 지 몇 분 만에 쓰러져서, 그 뒤로 세토의 등에 내내 업혀 있었다.

이 아이는 아무래도 평소에 그다지 외출하지 않는 모양이다.

형용할 수 없는 친근감이 들었지만, 규중처녀와 은둔형 외톨이의 계급은 하늘과 땅만큼 차이가 난다. ……원통하다.

주위에서 울부짖는 매미 소리가 한층 더 시끄러워졌다.

이미 마을 중심부에서 상당히 멀어졌겠지.

보도 옆에는 하나둘씩 규모가 작은 숲이 보이기 시작했고 민가의 수도 꽤 줄어들었다.

조금 걷기만 해도 이렇게 시골 같은 풍경이 펼쳐진다. 어제도 느꼈지만 새삼 마을 중심부만 이렇게 발전한 게 이상했다.

모모가 손에 들고 있는 약간 낡은 터치 패널식 핸드폰은,

어제 차를 쏟아서 사경을 헤맸던 모양이다. 하지만 「건조제와 함께 봉투에 넣어두었더니 부활했다.」라는 것 같다.

"하지만 다들 정말 미안해. 나 때문에 걸어가게 돼서⋯⋯."
모모가 살짝 고개를 숙이며 중얼거렸다.

확실히 버스를 타면 빨리 올 수 있었겠지만, 키도의 「눈을 가리는」 능력은 「사람과 부딪친 순간 풀려버린다」는 약점이 있는 모양이다. 버스 안 같은 밀폐된 공간에서 쓰는 것은 위험하기 때문에 걸어가게 되었다.

오늘 예정은 본래 「어제 쇼핑하러 갔던 백화점 옥상에 있는 놀이공원에서 놀자!」였지만, 테러리스트의 습격이 일어난 지 하루밖에 안 된 오늘 백화점이 영업할 리가 없어서 취소.

하지만 "지금 당장 가고 싶어요!"라는 에네의 고집 때문에, 그 대안으로 교외에 있는 놀이공원에 가기로 했다.

단장인 「키도」와 또 다른 단원인 「카노」라는 남자는 조금 늦게 오기로 해서, 현재 남은 멤버가 모여서 놀이공원으로 향하고 있다.

모모의 능력에 관해서는, 애초에 인적이 드문 길을 걸어왔기 때문에 이 주변이라면 특별히 문제없이 돌아다닐 수 있는 모양이다.

"⋯⋯카노 씨는 『삼림 공원을 그대로 놀이공원으로 만든 듯한 느낌』이라고 말했는데⋯⋯. 어, 저거 아니야?! 봐봐!

뭔가 관람차도 보이고!"

모모가 깜짝 놀라 오른쪽 앞을 가리켰다.

그 앞에는 커다란 숲이 펼쳐져 있었다. 그리고 무성한 나무들 사이로 롤러코스터의 레일 등, 놀이공원에 있을 법한 기구들이 여기저기 보였다.

"오, 그런가 보네요! 마리, 자 다 도착했슴다!"

세토가 업고 있는 마리를 흔들자, 마리는 고개를 들고 "정말이네—! 굉장해, 굉장해!" 하며 눈을 빛냈다.

"그러고 보니 에네가 무척 조용하네. 조금 전부터 한마디도 안 하는데 괜찮아?"

"배터리를 소모하고 싶지 않대. 도착하면 알려주세요! 라고 말한 뒤로 조용해."

날이 날이니 만큼 꺄— 꺄— 크게 떠들 거라고 생각했지만, 이 녀석의 약점도 의외인 곳에 있었다.

"과연. 그럼 이제 슬슬 깨우지 않으면……. 아! 저기 보이는 거 단장님 아니야?"

40미터 정도 앞에 「자연 놀이공원」이라고 크게 적혀 있는 간판이 있고, 그 아래에는 셔틀버스 정류장이 있었다. 마침 정차한 버스에서 줄줄 내리는 가족 단위의 사람들 속에 본 적이 있는 두 사람이 있었다.

"역시 단장님이네! 우와아, 사람도 많이 내리네……! 잠깐 전화 좀 할게!"

모모는 황급히 후드를 뒤집어쓰고 전화를 걸기 시작했다.

"아, 여보세요. 단장님이세요? 지금 게이트 근처에 있어
요……. 네! 맞아요, 맞아요. 그럼 여기서 기다릴 테니 잘 부
탁드려요!"

전화가 끝나자, 모모는 불안한 듯 주변을 둘러보았다. 버
스에서 내린 손님들은 우리 쪽으로 흘러오는 일도 없이, 놀
이공원 입구 쪽으로 빨려 들어갔다.

그 안에서 조금 전 보았던 두 사람이 이쪽을 향해서 걸어
오는 모습이 보였다.

"요컨대 키도의 능력이 있으면 놀이공원에서도 즐겁게 놀
수 있다……. 그런 말인가."

"맞아! 바로 그거야!"

후드를 쓴 모모는 마치 어린아이 같은 미소를 지었다.

*

―숨을 몰아쉬며 벤치를 발견하고 걸터앉았다.

무성한 나무들에 의해 그늘이 드리워져 있어서, 벤치의
등받이는 조금 축축하고 서늘했다.

크게 심호흡을 했다. 아직 반고리관이 제 기능을 못 하는
지…… 아직까지 배를 타고 있는 것 같은 감각이 남아서 다

시 토기가 치밀어 올랐다.

"신타로 씨 괜찮으심까? 정말 마리랑 모모도 너무 들떴어요. 대뜸 롤러코스터부터 타다니……."

내 왼쪽에 앉은 세토가 물이 든 페트병을 내밀며 등을 쓱쓱 쓸어주었다.

"우와— 신타로, 크큭……. 정말 신경 쓰지 않아도 괜찮아. 후후……."

내 오른쪽에 앉은 카노는 깍지 낀 양손을 뒷머리에 대고 악의에 가득 찬 격려를 했다.

"카노, 실례임다! 절규 머신에 약한 사람도 있는 법임다. 조금 토한 걸로 바보 취급 하면 불쌍해요."

"아…… 아무 말도 하지 마……. 부탁이니까……."

세토는 좋은 의미로 카노에게 주의를 주었겠지만, 「토했다.」는 이야기는 나에게 정신적인 대미지를 줄 뿐이었다. 정말 죽고 싶다.

"아— 미안, 미안. 신타로는 괴롭히는 보람이 있어서 말이야. 그렇다고 해도 마리가 절규 머신 같은 놀이 기구를 잘 타는 건 의외였어. 키도는 예상대로 얼굴이 굳어졌지만 말이지."

그 말로 여자애들의 얼굴이 떠올라, 더욱 수치심을 느꼈다. 그런 추태를 여자애들에게 보인 것이다. 이제 무리다.

"키도는 폼을 잡으니까요. 하지만 이렇게 다 같이 노는 것
도, 꽤 좋습니다!"

세토는 여전히 내 등을 쓱쓱 쓸어주면서 감개무량한 듯
그렇게 말했다.

좋은 일일까. 덕분에 나는 구토맨이다.

"확실히, 생각해보니 이런 일은 처음이네. 세토도 매일
아르바이트 하느라 힘들어 보였고. 어제도 늦게 들어왔지?"

"그렇습다. ……그렇다고 해도 어제는 돌아와 보니 사람이
잔뜩 있어서, 깜짝 놀랐습다!"

"그러고 보니 단원 가입은 마리가 들어온 이래로 몇 년
만인가. 인원수가 늘어서 키도도 엄청 기뻐 보이고, 고마운
일이네. 그래서, 세토가 보기에 키사라기는 어때?"

웅크린 내 등 위에서 세토와 카노의 즐거워 보이는 대화
가 오갔다. 화제에 오른 모모의 싸늘한 얼굴이 떠올라서,
대화에 낄 생각이 도저히 들지 않았다.

"정말 예의 바르고 좋은 아이임! 그 소심한 마리가 소
개해줬다는 것도 놀랐지만, 설마 아이돌이었을 줄은!"

"그치. 키도가 데려왔을 때는 정말 깜짝 놀랐어! 키도의
그 초조한 얼굴……. 크큭."

카노는 몹시 즐거운 듯 쿡쿡 웃고 있었지만, 나는 당장이
라도 눈물이 나올 것 같다.

"아, 그리고 에네! 그 아이도 개성적이고 좋은 아이지? 근

데 그 아이는 어떻게 되어 있는 걸까? 어딘가에서 움직이고 있는 건가?"

"핸드폰 안에 있는 아이 말이죠! 으~음……? 뭔가 정말로 핸드폰 안에서 살고 있는 것처럼 보입니다만……."

에네에 대한 화제가 나온 순간, 내 눈에서는 눈물이 넘쳐 흘렀다. 그 녀석은 분명히 좀 전에 내가 보인 추태를 잊지 않을 것이다. 아마 내가 무덤에 들어갈 때까지 놀려먹겠지.

"역시 핸드폰 속에 있는 것처럼 보이지? 저기, 신타로, 그 아이는 어떻게 되어 있는 거야? ……어, 뭐야?! 왜 우는 거야?!"

내 얼굴을 들여다본 카노의 표정에는 아무리 봐도 「재미있는 걸 찾~았다!」라고 적혀 있었다. 정말로 음습한 녀석이다.

천연덕스럽게 내 등에 손을 두르는 태도도 몹시 기분 나쁘다.

"시, 시끄러워! 아무것도 아니야! ……그래서, 에네가 뭐라고?"

기분을 전환해서 카노의 질문에 대답했다. ……이대로 대화에 끼어들면 조금은 기분이 풀릴지도 모른다.

"어? 아―! 맞아, 맞아. 에네! 그 아이는 어떤 경위로 알게 된 거야? 역시 최근 유행하는 그건가? 만남 사이트라든가?!"

"그럴 리 없잖아! 뭔지 모르겠지만 훨씬 예전부터 컴퓨터에 눌러살고 있어……. 어디에서 온 건지, 어떤 녀석인지도 모르고, 물어봐도 대답을 안 해."

의문이 전혀 풀리지 않는 대답이었지만, 카노는 "흠, 흠." 하고 납득한 모양이었다.

"과연~. 그렇다는 말은 그거구나? 신타로가 에네의 사적인 과거를 꼬치꼬치 캐물어서 에네가 화를 냈다. 그런……."

"아니거든! 넌 도대체 뭘 들은 거야?! 방금 한 이야기에 그런 요소는 없었잖아?! 과거에 대한 일은 별로 상관없어. 말하고 싶지 않으면……."

나는 이해력이 너무 떨어지는 카노의 대답에 딴죽을 날렸지만, 카노는 실실 웃으면서 "농담이야, 농담!"이라고 말하며 내 등을 두드렸다.

아— 이 감각은 그거다. 자주 말하는 『별생각 없이 입부한 동아리의 선배가, 터무니없이 성가신 녀석이어서 재빨리 탈퇴하고 싶은 느낌』이다.

"자, 자. 싸우는 건 좋지 않습니다……. 아, 신타로 씨 물 다 드셨네요! 제가 사 오겠습니다!"

세토가 말해서 깨달았지만, 물이 들어 있었던 페트병은 이미 거의 비어 있었다.

"아—. 아니, 미안하니까 내가 사 올게……."

역시 내내 간호만 받고 있으면 마음이 불편하기 때문에

벤치에서 일어나려고 했지만, 세토가 어깨를 눌러서 다시 앉게 되었다.

"괜찮아요, 괜찮아. 쉬고 계십쇼! 저도 마침 음료수를 마시고 싶습다!"

세토는 청량음료수 광고에 나올 법한 상큼한 미소를 지으며 그렇게 말하고는, 총총히 걸어갔다.

"아! 잠깐…… 일단 돈을……."

당황해서 주머니를 뒤져 지갑을 꺼내려고 했지만, 세토는 벌써 저만치 가서는 "나중에 받겠습다!"라며 손을 흔들고 인파 속으로 사라졌다.

"세토는 정말 성질이 급하구나—"

카노는 후암 하품을 하고, 다시 머리 뒤로 팔짱을 꼈다.

나도 특별히 대화를 나누려고 하는 일 없이 입을 다물었다. 뭔가 말을 걸면 아마 이 녀석은 그것을 빌미 삼아 주절주절 떠들겠지. 하지만 그렇게 되면 솔직히 몹시 성가셔지기 때문에 가능한 한 이 녀석과는 의사소통을 하고 싶지 않았다.

그러고 보니, 어제도 이 녀석과 둘이서 인질이 되어 앉아 있었던 일을 떠올렸다.

카노는 인질이 된 그 위험한 상황에서도 지금과 마찬가지로 편안해 보였다.

모모에게 들은 이야기로는 이 「메카쿠시단」 녀석들은 모두 나보다 나이가 어린 모양이다.

확실히 「단원 모두 놀이공원에 가자!」라고 말을 꺼내는 모습은 상당히 어린아이처럼 보인다.

하지만 백화점을 점거했던 테러리스트를 격퇴한 이야기와 각자 가지고 있는 「능력」에 대한 이야기를 들으면, 평범한 「심심풀이 집단」은 아닌 것 같다.

—애당초 이 조직은 무엇을 하는 조직이고, 도대체 왜 결성된 것일까.

이 조직은 마리가 들어올 때까지 키도, 세토, 카노 세 명뿐이었다고 한다.

현재 이 조직의 인원수는 나를 포함해서 일곱 명이다. 그리고 나 이외의 모든 단원이 「어떤 능력」을 가지고 있다.

단원은 기본적으로 단장인 키도를 따른다.

내가 아는 내용은 그것뿐이었다.

에네와 모모는 특별히 이 조직의 활동 내용에 대해서 신경 쓰지 않는 모양이었지만, 저 둘은 「생각한다」는 기능이 현저하게 손상되어 있으니 믿을 게 못 된다.

그렇게 생각하자 「수수께끼의 조직에 가입하고 아무것도

모른 채 마음을 터놓았다.」라는 이 상태가 조금 위험하게
느껴졌다.

　짧은 시간이지만, 교류를 해보니 나쁜 녀석들처럼 보이지
는 않았다. 나는 손쓸 수도 없었던 모모의 「능력」에 대해
자신의 일처럼 고민해주는 모습은 친구 그 자체였다.
　자신들의 이익을 위해서 어떤 범죄 행위를 꾸미는 조직이
라고는 생각하고 싶지 않았다.

　단지, 그 「능력」에 대해서 이 녀석들이 매우 해박한 이유
도 불분명하다.
　모모의 능력은 정신을 차리고 보니 눈에 띄기 시작해서,
모모와 나는 발현된 시기와 원인을 명확하게 알지 못했다.

　하지만 이 녀석들의 말투는 마치 이 「능력」의 정체를 알고
있는 것처럼 보였다.
　그렇다면 이 녀석들은 도대체 어떤 녀석들일까…….

　"여기요! 신타로 씨, 물 사 왔슴다!"
　내가 열심히 심각한 분위기에 잠겨 이 녀석들의 수수께끼
를 파헤치려고 하고 있을 때, 세토가 사 온 페트병이 목 부
분에 척 닿았다.

"우와아아아아아아아아아! 깜짝 놀랐네! 너, 너는…… 분위기 좀 파악해라! 지, 지금 딱 좋은 느낌으로 진지한 분위기를 풍기고 있었는데!"

"네? 아— 죄송함다. 아니 그게 빈틈투성이여서 그만……."

세토는 전혀 기 죽은 기색도 없이 「씩」하고 상큼한 미소를 지으며 엄지손가락을 세웠다.

"아니, 너는 무슨 무사냐?! 아아아, 뭘 생각하고 있었는지 까먹어 버렸어. 하아, 뭐 상관없어. 우선은……."

조금 긴장하고 있었던 만큼, 압도적인 허탈감에 사로잡혔다. 나는 아마 진지한 캐릭터와는 맞지 않나 봐.

"자아 자, 신타로 씨, 오늘은 즐기지 않으면 손해임다! 뭣하면 저도 같이 탈 테니, 같이 절규 머신 특훈이라도 할까요?"

이 녀석은 내 어디를 보고 그 이야기를 반길 거라고 생각했을까. 그 눈동자는 왠지 이글이글 불 붙은 것처럼 반짝이고 있다.

한편 카노는 "열여덟 살에 놀이 기구 특훈을 한단 말이지……."라고 중얼거린 뒤, 잠시 뜸을 들였다가 "풋!"하고 웃음을 터뜨렸다.

"적어도 다음 세상에 태어날 때까지 안 타! ……그보다 너희들 나랑 같이 안 움직여도 괜찮으니까 어딘가 갔다 와……."

일단 이 녀석들과 같이 있으면 변변한 일이 없을 것 같다.

그렇다. 이왕 이렇게 된 김에, 가끔은 혼자서 느긋하게 지내는 것도 좋겠지.

아니, 잠깐 기다려. 지금 에네는 모모의 핸드폰으로 이동했고, 그러고 보니 완전히 혼자 있을 수 있는 기회는…….

"—지금밖에 없어!"

그렇게 내뱉은 순간, 별안간 나의 「혼자 있고 싶은 욕구」가 불타올랐다.

그렇다. 생각해보면 언제나 언제나 에네가 붙어 있어서 한동안 완전히 혼자 있을 수 있는 시간이 없었다.

이왕이면 이대로 홀로 자유를 만끽하는 것에 전념해야만 하지 않을까.

결심을 굳힌 나는 힘차게 벤치에서 일어났다.

카노가 어깨를 흠칫 떨고 의아한 표정으로 나를 보았다.

"어, 뭐야. 왜 그래……? 갑자기 무슨 일이야, 신타로…….
발작?"

"왜 그렇게 되는 거야! 아니, 잠시 혼자서 어슬렁어슬렁 돌아다닐까 싶어서 말이지! 미안하지만 따라오지 말아줘! 그럼!"

나는 그렇게 말하고 그 녀석들로부터 부리나케 떨어져서

인파 속으로 들어갔다.

그대로 인파를 헤치며 내가 보이지 않을 곳까지 나아갔다.

해냈다……! 뜻밖에도 염원하던 혼자만의 시간을 손에 넣을 수 있었다.

아— 돌이켜보면 얼마 만에 이런 나만의 시간을 갖는 걸까.

에네 때문에 씻을 때와 화장실에 갈 때 이외의 모든 시간은 항상 뭔가 불안에 떨며 지냈다.

침대에서 자고 있으면 억지로 깨우고, 인터넷을 사용하면 바로 방해를 하고, 야한 사이트를 보려고 하면 여동생에게 한소리 듣고…….

—하지만 오늘, 드디어 그 주박에서 풀려났다.

"아아아아아 최고야아아아아아아!" 하고 외치고 싶은 기분을 눌러 죽이고, 다시 주변을 둘러보았다.

그렇다. 어차피 이만큼 풍요로운 자연 속에 둘러싸인 놀이공원이라면, 느긋하게 낮잠 잘 수 있는 장소 정도는 있겠지. 아니, 지금은 그 녀석이 없으니까 인터넷도 느긋하게 마음껏 할 수 있잖아?

아아아…… 이곳이 바로 천국이구나. 오늘 여기에 오길 정말 잘했어……!

세상은 근사한 것들로 넘쳐흐르고 있어. 그래. 분명 오늘도 근사한 하루가 되겠지.

분명 이것은, 평소에 열심히 사는 나에게 하느님이 주신 선물—.

"저기……."

시끄럽네. 지금 마침 좋은 장면이니까 말 걸지 마.

아아…… 오늘은 이 얼마나 근사한—!

"저기……. 신타로, 내 목소리 안 들려?"

—내 이름이 들려서 단숨에 제정신이 들었다.

엄청난 해방감에 하마터면 위험한 세계에 한쪽 발을 들여놓을 뻔했다. 하지만 그 목소리 덕분에 그 자리에서 멈출 수 있었다.

……도대체 누가?

주위를 빙 둘러보자, 몹시 알아보기 쉬운 하얗고 복슬복슬한 머리카락의 소녀가 눈물을 글썽이며 서 있었다.

"……왜 무시하는 거야……?"

"어, 아, 아아아 미안, 미안! 음…… 그래 마리! 울지 마!

응?"

마리는 몹시 불쾌해 보이는 표정을 짓고 있었지만, 이것은 내가 조금 전에 반응을 보이지 않았기 때문일까? 사과를 했지만 마리는 여전히 뚱한 표정을 지으며 눈물을 글썽거렸다.

"……왜, 왜 그렇게 불쾌해하는 거야……? 무슨 일 있었어?"

내가 그렇게 물어보자, 마리는 고개를 끄덕이고 자신의 오른쪽 방향을 가리켰다.

그곳에는 놀이공원의 놀이 기구 중 하나인 「얼음의 대미로」라는 거대한 간판과 함께, 얼음으로 지어진 성 같은 거대한 건축물이 세워져 있었다.

"저게 뭐 어쨌는데……. 들어가고 싶은 거야?"

내가 말을 끝마치기도 전에 마리는 고개를 세차게 끄덕였다.

……솔직히 "그럼 들어가면 되잖아?"라고 말하고 그 자리를 떠나고 싶었다. 모처럼 손에 넣은 혼자만의 시간을, 왜 저런 어린아이를 위한 놀이 기구에 빼앗겨야만 하는가.

적어도, 조금 전의 나라면 그렇게 행동했을 것이다.

하지만 내가 지금 여기서 그런 말을 하면, 이 아이는 아마 울기 시작하겠지.

……그렇게 되면 어떤 상황이 벌어지는가. 간단한 일이다. 주위 사람들이 보면 나는 순진한 소녀에게 폭행을 휘두르는 성범죄자로밖에 보이지 않겠지.

당연히 경비원에게 연행되는 것은 확실하다. 거기에 더해 밝혀지는 나의 스킬 「고등학교 중퇴!」「무직!」「은둔형 외톨이!」「동정!」······.

이런 사실들을 근거로 나를 기다리는 것은 사회적인 『죽음』이다.

변명할 여지도 없다.

"······알겠어. 마리, 저 미로에 같이 들어가면 그걸로 만족하겠어?"

"응! 들어가고 싶어! 같이 가자!"

그렇게 말하자 마리의 표정은 확 밝아졌다. 눈물이 맺혀 있던 분홍색 눈동자를 반짝반짝 빛내면서 나를 바라봤다.

그런 걸로 남자 신타로(동정)의 심장은 알기 쉽게도 「두근!」 하고 고동쳤다.

제길. ······원통하다.

하지만 내가 장비할 수 있는 스킬은 이미 가득 찼다.

유감스럽지만 이 이상 「로리콘」 스킬을 집어넣을 빈 슬롯은 존재하지 않는다.

잘 가라. 「로리콘」 스킬.

머지않아 「동정」 스킬이 사라질 때, 다시 말을 걸어

줘……!

―그런 사정으로 특별히 양심의 가책을 느낄 일은 일절 없이, 나와 마리는「얼음의 대미로」의 입장 줄에 서기로 했다.

아무래도 그 정도로 인기가 많은 놀이 기구는 아닌 모양이다. 줄을 선 사람도 그렇게 많지 않아서 안에 들어가는데 시간이 오래 걸릴 것 같지는 않았다.

하지만 문득 신경 쓰이는 부분이 있었다. 내가 토를……했던…… 이후…… 여자애들은 분명 같이 다니지 않았을까.

설마 싸우거나 하지는…… 않았겠지. 만약 그런 일이 일어났다면 이 아이는 분명 하염없이 울고 있었을 것이다.

"저기, 다른 녀석들은 어떻게 된 거야? 왜 너 혼자서 이런 곳에 있는 거야."

"어? 아. 음. 그 뒤에 또 롤러코스터를 탔는데, 나 혼자만 다른 줄로 들어가는 바람에 떨어져버렸어."

마리는 놀이공원 입구에서 받은 팸플릿을 가만히 응시하면서 나를 보지도 않고 그렇게 말했다.

언뜻 보기에는 타보고 싶은 놀이 기구에 빨간 펜으로 O를 치고 있는 중인 것 같았다.

……이, 이 아이 의외로 활발한 구석이 있구나. 혼자서라도 전부 다 타볼 생각이야…….

왠지 "모두와 함께 타지 않으면 싫어."라고 말할 것 같은 인상이라고 제멋대로 생각하고 있었기에, 왠지 모르게 조금 애달픈 기분에 사로잡혔다.

"그, 그렇구나. 뭐, 모모와 키도가 같이 있다면 안심이네…… 그렇다고 해도 이 놀이 기구는 왜 나랑 같이 들어가야 하는 거야?"

내가 그렇게 물어보자, 마리는 팸플릿을 엄청 집중해서 보며 아무 말 없이 입구에 있는 간판을 가리켰다.

마리가 가리키는 곳을 눈으로 따라가니, 그곳에는 「2인 1조 한정」이라고 적힌 종이가 붙어 있었다.

과연. 이런 조건이 붙은 놀이 기구가 있구나.

뭐, 예상을 하기는 했지만…… 나는 또 다시 조금 애달픈 기분에 사로잡혔다.

줄이 점점 줄어들어서 드디어 다음에 우리 차례가 되자, 역시 조금 두근두근했다.

그러고 보니 놀이공원에 온 것도 상당히 오랜만이었다.

……덧붙여서 말하면 여자아이와 둘이서 놀이 기구를 이용하는 것은 이번이 처음이다.

마리를 힐끗 보자, 마리는 이미 팸플릿을 접고 눈앞으로 다가온 놀이 기구에 흥분을 감출 수 없는 모습이었다.

"시, 신타로, 여기 대미로인 거지…… 혹시 모르니까 미리 차를 마셔두는 편이 좋을까……?!"

"어? 그렇네. 혹시 모르니까 마셔두는 게 좋지 않을까?"

내가 그렇게 말하자 마리는 매고 있던 작은 주머니에서 물통을 꺼내고 "웃샤." 하고 소리를 내며 차를 마시려고 했다.

이래저래 이 아이는 기본적으로 순수하구나……. 하지만 …….

제길……! 오지 마. 「로리콘」 스킬 자식! 너에게 볼일은 없다고 말했잖아!

"네. 다음 분 들어오세요~."

놀이 기구 담당자가 그렇게 말하며 문을 열었다.

생각 이상으로 서늘한 공기가 문 저편에서 흘러나왔다.

어느샌가 벌써 우리 차례가 됐나.

나는 깜짝 놀라 마리를 봤지만, 예상대로 너무 서두르느라 물통 뚜껑을 제대로 닫지 못하고 당황하고 있었다.

"어, 어이, 마리. 다음 사람도 기다리니까 물통 뚜껑은 안에 들어가서 닫자……."

"아, 알았어……!"

마리는 그렇게 말하고 허둥지둥 문 안으로 들어갔다.

나도 따라서 문으로 들어갔다. 그곳은 예상 밖으로 본격적인 얼음 미로였다.

크고 작은 다양한 고드름이 늘어선 통로는 마치 RPG 게임에서 나오는 던전처럼 비현실적인 세계를 연출하고 있었다.

상상했던 것보다도 강력한 냉기가 달아올랐던 몸을 식혀주었다.

아마 영하 20도 정도는 되겠지.

"우와아아, 꽤 시원하네. 마리, 잘됐다. 너 조금 전에 상당히 더워했, 잖……."

나는 거기까지 말한 뒤 눈앞의 광경을 의심했다.

그곳에는 들어온 지 몇 초밖에 지나지 않았음에도 불구하고, 물통을 손에 든 채로 파랗게 질린 표정으로 몸을 떠는 마리의 모습이 있었다.

"추…… 추, 추추…… 추워…… 추워……. 주…… 죽을 것 같아……!"

"……너 뭐하러 온 거야?"

눈앞의 광경에 어이가 없었다. 이 아이…… 이렇게 추위를 많이 타는 체질이었나.

그렇다면 왜 일부러 이런 놀이 기구를 고른 걸까.

"이이…… 이렇게, 추울 거라곤…… 생각 못 해서……."

"……."

아직 미로의 「미」 자에도 다다르지 못했는데, 마리는 벌써 다른 의미로 결승점에 다다를 것 같았다.

"아니, 그렇게 갑자기 얼어버릴 정도로 추운 것도 아니잖아! 그보다 우선 물통을 떨어뜨리면 위험하니까 나한테 줘."

마리가 덜덜 떨면서 손에 들고 있는 물통은 언제 미끄러져 떨어져도 이상하지 않을 것 같았다.

뚜껑도 열어둔 상태이니 떨어뜨리면 내용물이 전부 흘러나오겠지.

이렇게 극도로 추운 환경 속에서 음료수를 쏟아버리는 날에는, 지면에 얼음이 얼어서 다른 손님에게 폐를 끼치게 된다.

"으, 응…… 고마…… 에…… 에취!"

하지만 마리가 성대하게 재채기를 한 순간, 물통을 받아들려고 허리를 살짝 숙이고 있던 내 정수리로, ―차가 쏟아졌다.

"―우와아아아아아아아!"

예상도 하지 못했던 사태에 나도 모르게 뛰어올랐다.

이 온도 속에서 차가운 차를 뒤집어쓰자 주위는 단숨에 극한(極寒) 지옥으로 변신했다.

"무, 무무무무슨 짓을……. 아, 아, 아아아! 추, 추추, 추워……."

체온이 급격하게 떨어져서 몸이 덜덜 떨리기 시작했다.

"히, 히익! 죄, 죄송해요, 죄송해요! 다, 닦을 것……."

마리가 어딘가의 고양이 같이 생긴 로봇처럼, 작은 주머니에서 여러 가지 물건을 척척 꺼냈다. 그동안 차의 수분에 의해서 축축해진 내 저지는 순식간에 얼기 시작했다.

"우와아아아아아아아아아아! 저…… 저지가아아아아아!"
"히이이이익! 죄송해요. 죄송해요. 죄송해요. 죄송해……."

*

고역을 치렀다. 결국 나와 마리는 기권했다. 하지만 놀이기구 밖으로 나와서 내가 화를 낼 틈도 없이, 마리는 바로 모습을 감췄다.

"역시 그 아이, 첫인상과 조금 달라……. 뭔가 굉장해……. 그거다……."

아마 마리는 이미 다음 놀이 기구를 즐기고 있겠지.

그런 이유로 다시 혼자가 된 나는 옷을 말리기 위해서 놀이공원 안을 산책하고 있었다.

조금 전에는 불의의 사고로 지독한 꼴을 당했지만, 이번에야말로 절대로 침범당하지 않을 궁극의 내 개인 시간을—.

"시, 신타로— 마침 잘 왔군……! 잠, 잠깐 와서 도와줘
……."

크레이프를 파는 노점 앞을 지나갈 때 또다시 내 이름을
부르는 소리가 들려왔다. 개성적인 허스키 보이스 덕분에
돌아보지 않아도 누가 나를 불렀는지 충분히 알 수 있었다.
"키도, 무슨 일이야……. 어, 어라?! 모모는? 너랑 같이 없
다는 건……."

돌아보니 땀에 흠뻑 젖어서 거친 숨을 쉬는 키도가 서 있
었다.
역시 더웠는지 후드를 벗고 풀어헤쳐진 긴 머리카락이 바
람에 나부끼고 있었다.
하지만 그곳에 모모의 모습은 보이지 않았다. 그 녀석은
키도의 옆에 없으면 자신의 능력 때문에 점점 사람들이 몰
려들 텐데…….

"맞아……. 키사라기가 좀 귀찮은 상황에 처해서……. 부
탁해! 네 힘이 필요해. 아무튼 와서 도와줘……!"
모모가 귀찮은 상황에 처했다고? 아니, 그 녀석이 일으킬
법한 귀찮은 상황은 대체로 예상이 가지만, 내가 간다고 해
서 어떻게 되는 일이 아니잖아?

이 놀이공원의 어딘가에 사람들이 많이 몰려들었다면, 그거야말로 내가 가봤자 아무 소용이 없을 것 같은데…….

하지만 키도는 그녀와 어울리지 않게 「정말 기댈 사람이 너밖에 없다.」는 간절하고 연약한 표정을 지었다.

……어쩔 수 없다. 어쨌든 가보기로 하자.

아무튼 나는 「네 힘이 필요하다.」는 말에 엄청 약했다.

*

—키도에게 이끌려 놀이공원 안을 이동한 지 약 3분.

우리는 놀이 기구의 하나인 「괴기·유령 인형의 집」 입구 앞에 서 있었다.

정말 놀이공원의 대표 놀이 기구라고 말하는 듯한 음산한 서양식 건물 주변에는 묘비와 도끼 등, 딱 봐도 장식품으로 보이는 것들로 꾸며져 있었다.

건물 안에서는 이따금씩 손님의 비명 소리가 들려서, 이 놀이 기구의 음산한 분위기를 한층 더 북돋우고 있었다.

"……저기 말이야."

나는 그렇게 말하고 한숨을 쉬었다.

"왜, 왜 그래 신타로. 잠깐 잘 안 들리니까 큰 목소리로 말해줘!"

순서를 기다리기를 10분.

우리 앞으로 세 팀만 남게 되자, 키도는 조용히 귀에 이어폰을 끼웠다.

그 후 키도는 웅얼웅얼 뭔가를 중얼거리거나 가끔씩 뭔가를 떠올린 듯 눈을 꾹 감는 행동을 반복했다.

"……너 겁이 많구나."

키도의 행동을 보고 판단한 내 감상을 확실하게 들리도록 조금 큰 목소리로 말하자, 키도는 어깨를 움찔 크게 떨었다.

"바, 바보냐! 겁을 먹다니 누가! 손님의 비명 소리가 시끄러웠을 뿐이다! 이, 이런 뻔한 속임수에 내가 겁먹을 거 같나……!"

키도는 결코 인정하려고 하지 않았다. 하지만 솔직히 얼굴을 새빨갛게 물들이며 너무 강력하게 부정을 해서 설득력은 전혀 없었다.

"하아…… 그래서 이야기를 정리해보면 키도랑 모모 둘이서 유령의 집에 들어갔는데 키도가 『어떤 사정으로』 혼자만

나왔다. 그런데 『어떤 사정으로』 혼자서는 안에 들어갈 수 없다. 모모는 키도가 없으면 능력 때문에 사람들이 몰려드니까, 여기서 나오지 못하고 아직까지 안에 있다는 거지?"

"그, 그래! 이해가 빠르구나⋯⋯. 역시 신타로."

키도는 그렇게 말하고 "훗." 하고 폼을 잡으며 웃었지만, 솔직히 이미 이 상태에서 멋있는 척해봤자 늦었다.

"그래서 『어떤 사정으로』라는 게 뭐야. 유령의 집에 들어갈 수 없는 사정이라니, 정말 겁먹었다고밖에—."

"절대 겁먹지 않았어! 겁먹지 않았지만⋯⋯. 이, 이유는 너에게도 알려줄 수 없어!"

조금 전부터 몇 번이나 물어봐도 키도는 허둥지둥 그렇게 말할 뿐, 절대 대답하려고 하지 않았다.

그런 사정으로 담당자가 다음 손님을 안내할 때마다 「움찔!」 하고 어깨를 떠는 겁 많은 단장은, 현재 전혀 도움이 안 됐다.

요컨대 혼자서는 무서워서 들어갈 수 없으니 함께 들어가줄 사람을 찾고 있었다는 말인가.

확실히 아무리 모습을 숨겨도 유령의 집 안에서는 아무 소용이 없다.

키도가 할 수 있는 일이라고는 다른 사람들에게 소리가 들리지 않도록 비명을 참는 게 고작이겠지.

하지만 본인이 겁먹지 않았다고 말하는 이상, 내가 이러쿵 저러쿵 말하는 것도 불쌍하다. 이번에는 어쩔 수 없이 모른 척 넘어가 주기로 했다.

"그래서, 드디어 다음이 우리 차례인데 준비됐어? 단장."

나는 키도에게 그렇게 물었다. 하지만 키도는 이미 바깥에서도 소리가 들릴 정도로 이어폰 음량을 크게 틀어놓고 음악을 듣고 있었기 때문에 대화를 할 수 없었다.

하지만 담당자의 움직임으로 다음이 우리 차례라는 것을 알아차린 모양이다.

입구를 향해 걸어가는 동안 키도의 숨은 점점 더 거칠어졌다.

담당자가 문을 열자 그 안에는 을씨년스러운 서양 인형과 피투성이가 된 앤티크 물품들이 흩어져 있어서, 겉보기에도 한층 더 「음산한」 분위기였다.

그것을 직접 본 순간, 숨겨두었던 내 공포심도 순식간에 부풀어 올랐다.

옆을 보자 키도는 눈물을 글썽글썽거리고 있었지만 바보 취급 할 수는 없었다.

아무튼 나도 아마 눈물을 글썽거리고 있을 테니까 말이다.

음산한 서양 건축물은 삐걱삐걱 소리를 내면서 그 입구를 닫고, 발을 들여놓은 겁 많은 두 사람을 어둠 속으로 불러들였다.

문이 닫히자 바깥 세계의 빛은 완전히 차단되어서 여기저기 흩어져 있는 촛불의 불빛만이 흔들흔들 을씨년스럽게 가물거렸다.

조금 전에 들어갔던 얼음 미로와는 또 다른 타입의 서늘한 공기가 발밑에서 몸을 차갑게 만들었다.

우리 두 사람은 그 이상한 분위기에 압도돼서 이미 발을 움직일 수 없었다.

"헤, 헤에, 꽤 잘 만들었네……. 그렇지, 키도……."

그래도 여자아이 앞이라 떨리는 것을 참으면서 뒤돌아보자, 키도는 공포심 때문인지 눈을 감고 음악의 세계에 한창 빠져 있었다. 나는 바로 키도의 이어폰을 뽑고 주머니에 넣어둔 음악 플레이어를 몰수했다.

"우와아아! 신타로, 무슨 짓인가! 빠, 빠, 빨리 돌려줘!"

"너는 바보냐! 모모가 어디에 있는지도 모르는데 대화를 해야 찾을 거 아냐!"

"그야 그렇지만……. 그래도……!"

이어폰을 뺀 키도는 덜덜 떨기 시작하면서 마치 갓 태어난 염소 같은 상태가 되었다. 평소 의연했던 태도와는 너무나도 동떨어진 미덥지 못한 모습에 한층 더 불안감이 밀려왔다.

하지만 멈춰 서 있으면 아무것도 할 수 없다.

한시라도 빨리 이곳을 빠져나가기 위해서도 여기서는 죽어라 나아가는 수밖에 없다.

내가 어떻게든 걸어 나가자 키도도 한 발 뒤에서 나를 따라왔다.

속도는 느렸지만 착실하게 나아간 길은 유령의 집 특유의 냄새와 배경 음악 때문에 그저 한결같이 무서웠다.

복도에 배치된 목 없는 사람의 초상화나 매달린 낫 등이 「당장이라도 뛰쳐나오지 않을까」 하는 공포심을 부채질했다.

나는 그것들을 될 수 있으면 보지 않도록 실눈을 뜨고 엉거주춤한 자세로 나아갔다.

키도도 나와 비슷한 자세로 나아갔다. 「나이 꽤나 먹은 녀석들이 뭘 하는 거야.」라고 생각할지도 모르겠지만 내 알 바 아니다. 나는 필사적이다.

"……그나저나 너는 한 번 들어와 봤잖아? 어디에서 뭐가 나오는지…… 알고 있는 거 아냐?"

나는 퍼뜩 깨닫고 키도 쪽을 돌아봤지만 키도는 눈을 감고 내 이야기를 듣고 싶지 않다고 말하는 듯이 귀를 막고 있었다.

"뭐, 뭐야 무시하지 말라니까……."

그렇게 말하면서 키도에게 손을 뻗으려고 한 순간, 통로에 굴러다니던 인형이 떠들기 시작했다.

"우와아아아아아아아아아아! 이 녀석은 뭐야!"

『이 저택의 주인은 과거에 인형 수집가였지만 어느 날을 경계로 변모했다. 손님을 불러들인 뒤 차례차례 인형으로 만드는 살인귀가 되었지. 너희는 과연 살아서 돌아갈 수 있을까……! 히히히……!』

나는 심장이 튀어나올 정도로 충격을 받아서 홱 물러선 뒤, 그대로 통로에 털썩 주저앉았다.

까불지 마. 뭐가 살인귀냐! 이쪽은 살인귀가 나오기도 전에 네가 튀어나와서 쇼크로 죽을 뻔할 정도로 섬세하단 말이다.

주저앉은 내 옆에 서 있던 키도는 안도한 표정으로 귀에서 손을 떼고, 미안한 듯이 나를 내려다봤다.

"너…… 이게 나올 줄 알고 있었지……. 그러니까 귀를 막고 있었구나……?!"

"아, 아니, 미안하군. 알려주려고 했지만 귀를 막는 데 온 신경을 쓰느라……. 아니…… 이것도 네가 겪어야 할 시련이라고 생각해서 말이지."

키도는 뭔가 말을 하려다 말고 조급하게 말을 바꿨다.
"뭐가 시련이야! 너 귀를 막고 겁먹고 있었잖아!"
"거, 겁먹지 않았어! 귀를 막은 건 어쩌다 보니……!"

키도는 말을 하다 말고 뭔가를 깨달은 듯 빠른 걸음으로 안쪽으로 나아갔다.
갑자기 공포심에서 벗어나기라도 한 걸까. 아니, 그럴 일은 없겠지. 키도의 행동을 보면 키도는 타고난 겁쟁이다.
하지만 그렇다면…….
나는 거기까지 생각하다가 문득 안 좋은 예감에 사로잡혔다.
천천히 지금까지 우리가 걸어온 통로를 되돌아봤다. 그곳에는 아마 저택의 주인에게 무참하게 살해당했을 사람들이 피투성이가 된 양복을 걸치고 걸어오는 모습이 보였다.

"아아아아아아아아아아아아아아! 죄송해요, 죄송해요! 살려주세요!"

나는 압도적인 속도로 땅에 엎드려 머리를 조아린 직후 지면에서 벌떡 일어나 좀비들이 오는 방향과 반대로 달리기 시작했다. 저 녀석들은 도대체 뭐야! 아니, 엑스트라 여러분이겠지. 너무 열렬하게 연기하시는 바람에 진심으로 목숨을 애걸해버렸다.

먼저 갔던 키도를 바로 따라잡았다. 하지만 키도는 키도대로 벽에서 튀어나오는 무수히 많은 손에 팔을 잡혀서, 한창 입에 거품을 물려고 하는 중이었다.

"우와아아아! 이, 이거 놔! 그만둬—!"

놀이 기구라는 사실을 잊어버리게 할 정도로 키도는 필사적이었다.

그러자 엑스트라 여러분들의 손이 벽 저편으로 슥 하고 들어갔다.

일하시느라 고생이 많으십니다. 두 번 다시 나오지 말아주세요.

"하아…… 하아……. 아니, 신타로 미안. 덕분에 살았군……."

"정말, 너, 나만 두고 도망치지 마! 얼마나 무서웠는지 알아?!"

"어? 아, 아— 미안, 미안. 잠시 급한 일이 떠올라서……."

키도는 그렇게 말하며 다시 겸연쩍은 듯이 눈을 돌렸다.

—이 녀석은 **그거**다. 정말 도움이 안 되는 녀석이다.

"……그래서 모모와는 어느 부근에서 헤어진 거야? 좀 더 가야 하나?"

"……다, 다음 코너에서 돌아간 부분에서 헤어졌어. 아마……."

손이 튀어나오는 구역을 벗어나서 키도가 말한 코너를 돌자, 앞에 보이는 통로 양쪽으로 대량의 관들이 쌓여 있었다. ……저택의 주인은 분명 손님을 인형으로 바꾼 게 아니었나?

그럼 관은 필요 없잖아.

하지만 거기에 의문을 제기하면 피투성이의 좀비는 왜 있는 것이며, 벽에서 손은 왜 튀어나오는 것인지 더더욱 알 수 없어진다.

차근차근 생각해보면 딴죽을 걸 부분이 가득하지만, 그런 놀이 기구에 겁을 먹은 우리는 도대체……. 어쨌든 그런 것은 내버려 두기로 하고 앞으로 나아갔다. 한순간 오른쪽 관 더미의 그늘에서 갈색 머리카락이 흔들리는 것이 보였다.

"……있다."

내가 그렇게 중얼거리자 키도는 세차게 뒷걸음질 쳤다.

"이, 이, 있다니 뭐가?! 어, 어디에 있는 거야?! 어이, 신타로!"

"아니, 유령이 아니야! 봐, 모모가 저곳에 숨어 있잖아."

그렇게 말하고 손가락으로 가리키자, 키도도 모모의 머리카락 같은 것을 발견하고 휴우 하고 가슴을 쓸어내렸다.

"뭐야 키사라기인가⋯⋯. 아니, 찾아서 다행이군. 신타로, 고맙네."

키도는 파카 주머니에 손을 찔러 넣고 다시 폼을 잡으려고 했지만, 이미 그 모습은 개그로밖에 보이지 않았다.

"다, 단장니임⋯⋯."

관 안쪽에서 모모의 목소리가 들렸다. 나오지 못하는 것은 아마도 키도가 데리러 오길 기다리고 있기 때문이겠지.

⋯⋯아니, 하지만 지금 여기에는 우리 셋밖에 없고 이 정도 거리라면 나와도 괜찮을 텐데.

"오— 키사라기! 나다! 놓고 가서 미안했다. 빨리 이곳을 나가——!"

키도는 그렇게 말하며 관 더미로 다가갔지만, 뒤돌아본

모모를 보고 기절해버렸다.

멀리서 보고 있었던 나도 놀랐지만, 비명을 지르지 않은 것만으로도 훈장을 받을 만하다고 생각한다.

"어, 어라?! 단장님?! 너, 너무 놀래켰나……?"

관에서 나온 모모의 얼굴은 피투성이에 머리에는 도끼가 꽂혀 있었다.

그 모습으로 키도를 끌어안으니 습격하는 것처럼 보인다.

"……너는 도대체 뭐하는 거야……."

내가 가까이 다가가자 모모는 나를 알아보고 확 돌아보았다.

가까이서 보니 훨씬 무섭다.

"어?! 오빠도 유령의 집에 들어온 거야? 겁도 엄청 많으면서……."

모모는 피투성이인 채 진심으로 놀랐다는 표정을 지었다.

"이 정도는 들어올 수 있어! 그래서? 너, 그 꼴은 어떻게 된 거야."

"아, 이거? 아니— 단장님이 나만 두고 가버려서 저기 안쪽으로 숨었거든. 그랬더니 이 도끼 소품이 보여서 말이야. 그래서 모처럼이니까 나를 데리러 올 단장님을 놀라게 해주자고 생각해서. 분장하고서 계속 기다리고 있었지. 설마 이렇게 효과가 좋을 줄은……."

상사를 기절시키다니, 내 여동생이지만 무서운 녀석이다.

하지만 키도가 기절한 이상, 결국 이곳을 빠져나가는 것은 불가능하다.

"너, 어떻게 할 거야! 이러면 나갈 수가 없잖아!

"우와아아아아! 그렇지 참! 어, 어떡하지…… 맞아. 단장님을 깨우면……."

모모는 그렇게 말하고 키도의 몸을 흔들었다.

"아니, 너는 일단 그 얼굴부터 어떻게 좀 해! 지금 깨워도 그 얼굴을 보면 이 녀석이 다시 기절할 거 아냐!"

"그, 그런가!"

모모는 내 말을 듣고 퍼뜩 깨닫고 다시 관 안쪽으로 뛰어들었다.

키도를 이곳에 방치해두면 다음 손님이 왔을 때 큰 소동이 벌어지겠지.

어쩔 수 없이 나도 키도를 질질 끌면서 관 안쪽으로 이동했다.

모모는 쭈그리고 앉아서 머리에서 도끼를 뽑더니, 작은 주머니에서 화장을 지우는 클렌징 티슈를 한 장 뽑아서 부지런히 얼굴을 닦기 시작했다.

나도 그 옆에 앉아서 한숨을 쉬었다.

생각해보니 결국 혼자 있지도 못하고 개인적인 시간도 전

혀 만끽하지 못했다.

"뭔가 엄청 지쳤어……."

"미안……. 나 때문에 뭔가 이리저리 뛰어다니게 해서……."

모모는 얼굴을 다 닦고 미안한 듯이 그렇게 말하며 핸드폰을 꺼냈다.

그 핸드폰에는 오늘 아침 모모가 「핸드폰 부활 기념으로」찍은 우리의 단체 사진이 대기 화면으로 설정되어 있었다. 하지만 대기화면 사이즈로 맞추느라 내 모습이 살짝 잘린 것이 좀 못마땅했다.

"시간이 꽤 지났네……. 그래도 놀 시간은 좀 더 있지?"

모모는 그렇게 말하더니 핸드폰을 닫고 누워 있는 키도의 몸을 흔들기 시작했다.

"단장님, 단장님! 일어나세요! 놀이공원 영업시간이 끝나버려요!"

"……으, 으음……. 헉?! 키사라기! 나, 나는 왜 여기서 자고 있는 거지?"

키도는 벌떡 일어나서 주변을 두리번두리번 둘러봤다. 아무래도 모모의 모습을 보고 깜짝 놀라서 기절한 일은 기억하지 못하는 모양이다.

"아…… 그게…… 왠지 모르게 갑자기 기절해버렸어요!"

모모는 키도의 시선을 피하며 그렇게 말하고, 나에게 가볍게 눈짓했다.

"그, 그런가⋯⋯. 뭐, 됐어. 키사라기도 만났으니 빨리 여기서 나가자."

그렇게 말하는 키도의 눈동자가 검은색에서 붉은색으로 변했다.

"일단 모모의 모습만 보이지 않게 했어. 나와 신타로는 이대로 여기를 나가자."

깜짝 놀라서 모모가 쭈그리고 앉아 있었던 곳을 보자, 모모의 모습은 벌써 보이지 않았다.

가만히 집중해서 보면 그럭저럭 인식할 수는 있었다. 새삼스럽지만 편리한 능력이다.

나 같은 사람이 저런 능력을 지녔다면⋯⋯ 대중목욕탕에 몰래 드나들지도 모른다.

그건 그렇다 치고, 우리는 일어나서 출구를 찾아 다시 통로로 나왔다.

이제부터 앞으로 한동안 가슴이 방망이질 칠 걸 생각하면 마음이 몹시 무거워졌다.

발을 내딛으려고 했을 때, 어쩐지 문득 위화감이 들었다.

모모와 만났을 때부터 느꼈던 위화감의 정체는 생각해보

면 바로 알 수 있었다.

 아니, 잠깐 기다려 봐. 「그렇다면」 이제까지 일어났던 사건의 전말은…….

 나는 바로 그때 한기를 느끼고 다시 떨기 시작한 키도에게 물어보기로 했다.
 내가 발을 멈추자, 키도도 나를 따라 발을 멈췄다.
 "……응? 신타로, 왜 그래. 자, 빨리 나가자."
 아니…… 아마 내 예상이 맞겠지.
 무의식이라고는 하지만 조금 전에 확인했으니까.
 "저기…… 키도. 에네는 롤러코스터에 탄 뒤…… 어떻게 됐어?"
 키도는 내 말을 듣고 멍한 표정을 지었다.

 "에네라면 그 뒤에 바로 너를 따라 간다고 말하고 사라졌는데……?"

 ―키도가 그렇게 말하자, 내 주머니에 들어 있었던 핸드폰이 웃는 것처럼 부붓 하고 진동했다.

*

나는 홀로 다시 벤치에 앉아 있었다.

『우와아아아아아아아아아! 저지가아아아아아!』

그 유령의 집도 처음에는 무서웠지만 마지막 부분은 그렇지도 않았다.
역시 놀이공원의 놀이 기구다. 별거 아니다.

모모와 키도는 그 후 "멤버들과 일단 합류한 뒤, 나중에 다시 연락하겠다."라고 말하고 단원들을 찾으러 갔다.
남자 멤버 둘이라면 몰라도, 마리는 핸드폰도 없으니 찾으려면 꽤 고생할 것이다.

『아아아아아아아아아아아아아! 죄송해요, 죄송해요! 살려주세요!』

결국 꿈의 개인적인 시간 같은 건 환상이었던 모양이다.
섣불리 자유를 만끽하려고 했던 결과가 이건가……. 나도 참 불쌍하다…….

『윽……. 뭔가 기분 나빠아……. 우웩……. 윽…….』

"―아아아아아아아아아! 그만둬! 그건 틀지 마!"

손에 쥐고 있던 핸드폰에게 결국 소리 지르자, 화면에서는 푸른색 머리를 양갈래로 묶은 소녀가 발을 동동 구르며 자지러지게 웃었다.

"아― 배 아파⋯⋯! 아니― 죄송해요. 그도 그럴 게 주인님이 너무 좋은 소재를 제공해주시니까. 풋! 아하하!"
"누가 소재냐, 누가! ⋯⋯아아⋯⋯ 네가 있는 걸 알았다면 입에 검 테이프라도 붙였을 텐데⋯⋯."

『우와아아아아아아아아아! ㄲ아아아아아아아아! 깜짝 놀랐네! 이 녀석은 뭐야! 죄송해요, 죄송해요! ⋯⋯왠지 기분 나빠아아.』

내가 절망에 빠져 있는 동안 에네는 여전히 「절규 샘플링 음원」을 편집하며 폭소하고 있었다.
결국 이 녀석은 내가 카노와 세토와 대화를 나누고 있을 때부터 계속 핸드폰 안에 있었던 것이다. 그리고 오늘 하루 동안 내가 추태를 부린 모습을 잔뜩 녹화하고 녹음해서, 현재는 이렇게 새로운 장난감에 푹 빠져 있다.

"이제 슬슬 괴로워지기 시작했어요……. 후―. 그래서! 주인님! 오늘은 즐거우셨나요?"

생긋 웃으며 화면 가득 얼굴을 들이대는, 기쁜 듯이 질문해 오는 그 녀석의 얼굴에서는 티끌만큼의 선의도 느껴지지 않았다.

"……그래…… 덕분에 최악의 하루였어. 고맙다."

나도 과연 이 녀석에게 익숙해졌는지, 미친 듯이 화를 내도 소용없다는 것을 이해하고 있었다.

하지만 핸드폰을 쥔 손은 액정에 금이 갈 것 같을 정도로 힘을 주고 있었다.

"아니 아니, 감사 인사를 하실 필요는 없어요. 그도 그럴게…… 저는 아직 전혀 놀지도 못했고! 오늘은 아직 한참 남았잖아요?"

"뭐어어?! 아니, 너도 이미 충분히 즐겼잖아? 이제 돌아가자……."

"싫어요! 아직 전혀 즐기지 못했어요! 주인님은 『같이 놀겠다』고 약속하셨잖아요. **기억하고 있어요.**"

그렇게 말하는 에네의 얼굴은 항상 나를 협박할 때 보이는 뾰로통한 표정을 짓고 있었다.

이럴 때 그냥 적당히 넘어가면, 먼 훗날 터무니없는 일이 일어날 것이다. 흔한 패턴이었다.

예전에도 이 녀석이 「같이 게임 하자.」라고 말했던 적이 있었다.

나는 그때 에네의 말을 철저히 무시하기로 했다. 하지만 바로 뒤에 컴퓨터 안에 바이러스가 대량으로 침입했고, 그것의 치료와 교환해서 과금까지 하며 게임을 시작하게 되었다.

……그런 뒤에 있었던 여러모로 성가신 일들을 생각하면 처음부터 이 녀석의 심기를 거스르지 않는 편이 현명한 태도겠지.

하지만 귀찮…….

"……같이 놀아주지 않으면 여동생에게 주인님 비장의 폴더를……."

"좋—아! 놀고 싶어졌다! 그럼 어떤 것부터 탈까? 되도록 심하게 움직이지 않는 기구를 타자!"

자포자기였다. 나는 벤치에서 일어나서 에네를 마주 봤다. 에네는 몹시 만족스럽고 의기양양해 보이는 표정을 짓고 있었다.

하지만 이러니저러니 해도 나도 아직 오랜만의 외출을 만끽하지 못했다.

이 녀석과 함께라는 게 조금 아니꼽지만 모처럼 온 놀이공원이다.

나도 역시 조금만 더 놀러 다니고 싶었다.

"역시 주인님! 그럼 처음엔 말이죠……. 아! 저 놀이 기구 뭔가 괜찮지 않나요?! 의자에 앉아서 에일리언을 마구 쏘는 기구예요! 주인님, 슈팅 게임 잘하시죠?"

"뭐? 너, 그걸 어떻게 아는 거야. 같이 슈팅 게임 한 적도 없잖아?"

"어라, 그랬나요? 뭐, 상관없잖아요. 저는 주인님에 대한 일이라면 뭐든지 알고 있으니까요! 그런 것보다도 빨리 가요!"

에네는 그렇게 말하더니 진행 방향을 딱 가리켰다.

"……알았어……. 할 수 없으니 같이 가줄게. 부탁이니까 너무 소란 피우지 말아줘……."

"그럼요!"

에네는 만면에 미소를 머금고 그렇게 대답했다.

정말 제멋대로에다가

심술궂고

종잡을 수 없는 녀석이다.

왠지 모르게 옛날 일이 떠오를 것 같았지만, 나는 생각하는 것을 멈췄다.

지금은 그런 것보다 이 녀석의 고집을 들어주는 것만으로도 힘에 부친다.

—날이 저물 때까지 얼마나 놀 수 있을까.

나는 핸드폰을 나침반처럼 들고 에네가 가리키는 방향으로 걷기 시작했다…….

■ 후기 ～『눈뜨고 볼 수 없는 이야기』～

안녕하세요. 진이라고 합니다.

『아지랑이 데이즈II ―a headphone actor―』 재미있게 읽으셨나요?

이번 소설은 작품 세계관과 마찬가지로, 연일 바깥 온도가 30도를 넘는 매우 심한 더위 속에서 나왔습니다. 에어컨 온도를 23도로 설정하고, 매일 피자를 먹으면서 집필했지요.

사무소 여러분, 기생해서 죄송합니다.

맞다. 그리고 보니, 전작『아지랑이 데이즈 ―in a daze ―』후기에서 "이번 작품이 크게 실패하면 다음 작품은 학원 러브 코미디를 쓰지 않으면!" 같은 말을 했지요. 하지만 감사하게도 예상을 크게 뛰어넘는 뜨거운 반응을 받았습니다(미소).

그런 이유로 이번 내용이 학원 러브 코미디 같은 내용이 된 것은 아닙니다.

단순히 제가 애정에 굶주려 있었기 때문입니다. 안심하세요!

이번 소설도 싱글 제작과 라이브 등, 여러 가지 일을 병행

하며 집필했습니다. 하지만 별일 아니었습니다. 단지 미칠 듯이 빠듯한 일정이었습니다.

아니, 전혀 힘들지 않았습니다! 정말입니다.

3권을 집필할 생각만으로도 먹은 것을 전부 변기에 게워낼 정도로 다음 권 집필도 기대돼서 어쩔 줄 모르겠습니다!

점점 줄어들고 있었던 HP가 최근 노란색에서 빨간색으로 바뀌었습니다.

이 후기도 2권을 다 쓴 직후, 희미해져가는 의식 속에서 쓰고 있어서 '어딘가에 잘못해서 음담패설을 늘어놓고 있으면 어떡하지……' 하고 불안한 마음으로 가득 가슴[#4] 유륜이 둥그네요.

아니, 분명 여러분의 손에 이 책이 닿을 즈음에는 편집자(목소리가 매력적임)가 예쁘게 편집해줄 거라 생각하기 때문에 괜찮겠지요. 분명.

(※편집자 주: 작가님의 의지를 존중해서 원문 **그대로** 게재했습니다.)

음담패설이라고 하니 저번 후기에서 「칭칭(장미 이름입니

#4 가득 가슴 가득하다를 의미하는 잇파이(いっぱい)와 가슴을 뜻하는 옷파이(おっぱい)를 사용한 말장난.

다)』을 연발했던 탓에 지방에 계신 엄마(52)에게서 전화가 걸려왔습니다. "『우리 아들이 소설을 썼다.』라고 잔뜩 선전하고 있으니까! 힘내라!" 하고 전화를 받을 때마다 머리가 아픕니다.

하지만 여동생(18)이 "오빠가 쓴 소설, 주변 친구들도 많이 읽고 있어!"라고 말했을 때는 반대로 색다른 흥분을 느꼈습니다.

여동생의 친구, 보고 있나? 내가 오빠란다.(싱긋)

여동생이라고 하니, 저는 등장인물 중 「신타로」와 많이 닮았다고 합니다.

저는 그런 생각을 해본 적이 없는데다 솔직히 신타로는 상당히 기분 나쁜 캐릭터라고 생각하고 있기 때문에 전혀 기쁘지 않았습니다. 하지만 반대로 생각했습니다.

「이것은 기회가 아닌가.」 하고.

소설 속에서 신타로를 여자아이와 사이좋게 만들면, 어쩌면 현실 세계의 나도 여자아이와 가까워질 수 있지 않을까. 아니, 틀림없이 그렇게 될 거야!

실제로 1권에서 신타로의 컴퓨터가 고장 났습니다만, 최근 제 컴퓨터도 수수께끼의 에러로 망가졌습니다. 이 일을 봐도 우리는 매우 깊은 관련성이 있다고 말할 수 있겠지요.

그래서 신타로는 이번 이야기에서 제법 **좋은** 추억을 만들고 있습니다. 분명 저에게도 이제 곧 놀이공원 티켓이 오겠지요. 두근두근합니다!

그런 이유로 '슬슬 화면 속에서 절대로 사라지지 않는 귀여운 여자아이가 말을 걸며 나타나지 않을까'라고 생각하며 매일 바지를 내리고 대기하고 있습니다만…… 어째선지 도무지 나타날 기미가 안 보입니다. 정말 이유가 뭘까요?

하지만 얼마 전에 몇 번이나 지워도 전혀 사라지지 않는 성인 사이트 광고는 나타났습니다.

상상했던 것과는 조금 다르지만 최근에는 매일 그 광고에 말을 거는 것으로 정신의 안정을 유지하고 있습니다. 하느님 감사해요.

아, 이제 슬슬 헤어질 시간입니다.

이번에도 정말로 많은 분들이 도와주셨습니다. 감사합니다.

그리고 앞으로도 부디! 응원 잘 부탁드립니다!

다음 3권 후기에서 다시 뵙도록 하죠! 그럼!

진(자연의적P)

『아지랑이 데이즈』 2권입니다.

이번 후기에는 본문과 관련된 내용을 적어볼까 합니다. 이 뒤부터는 본문부터 읽고 봐주시면 감사하겠습니다.

저는 게임을 무척 좋아하지만 잘하지는 못합니다. 제가 게임하는 모습을 보면 발로 컨트롤한다는 게 어떤 뜻인지 아실 수 있을 겁니다. 아, 물론 저는 분명 손으로 조작합니다. 하지만 저는 오른쪽으로 움직였다고 생각했는데 제가 조작하는 캐릭터는 왼쪽에 처박혀 있는 경우가 많습니다. 참 신기한 일이죠?

그래서 게임을 잘하는 사람이 무척 부럽습니다. 타카네처럼 슈팅 게임을 잘하는 사람이 얼마나 멋져 보이는지! 타카네가 게임을 하는 장면은 하루카와 함께 감탄하며 작업했답니다. 어떻게 그렇게 정확하게 맞추는 걸까요. 저는 누구와 함께 플레이하지 않는 이상 스테이지 클리어는 꿈도 못 꾸기 때문에 그저 부럽습니다. 그래도 게임의 세계는 무궁무진하니까요. 제가 즐길 수 있는 게임도 많다는 사실이 무척 감사합니다.

아, 그러고 보니 제가 약한 부분이 하나 더 있습니다. 저는 호러 장르에 정말 약해요. 그나마 호러 중에서도 스플래터 같은 피 튀기는 건 어떻게든 보지만 오컬트는 정말 쥐약입니다. 그래서 유령의 집도 못 들어갑니다. 아무리 소품이 조잡하고 진행이 뻔해도 그 분위기가 있지 않습니까. 무서워요.

덕분에 유령의 집 장면은 저도 신타로와 키도와 함께 비명을 지르며 작업했습니다. 아니, 뭘 이렇게 세세하게 잘 만들었지? 엑스트라 여러분도 너무 열심히 연기하시는 거 아닙니까? 너무 무섭잖아요! 신타로와 키도를 보며 웃을 수 없는 것이…… 저라면 그곳에서 빠져나오지 못했을지도 몰라요. 아니, 그 이전에 들어갈 리도 없겠지만요. 그래도 놀이 기구의 세계는 무궁무진하니까요. 롤러코스터는 정말 좋아합니다. 스피드 계열 놀이 기구가 좋아요! 제가 즐길 수 있는 놀이 기구도 많다는 사실이 무척 감사하네요.

이번 권에서는 이래저래 캐릭터와 함께 소리를 지르며 작업하는 장면이 많았네요. 다음 권에서는 또 어떤 사건이 벌어질지 몹시 기대가 됩니다. 그럼 3권에서 다시 뵙겠습니다.

역자 이수지 올림

죄송합니다.

시즈입니다. 오랜만에 뵙습니다.

이번에도 또 일러스트를 담당하게

되었습니다. 감사합니다.

지난번에 말했던 대로 멋진 신타로를

그리려고 생각했으나 지난번 이상으로

시간이 없어서 멋진 침깨 를

그려서 어물어물 넘어가려 합니다.

죄송합니다. 그리고 감사합니다.

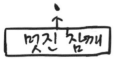
멋진 침깨

2012. 9. 14   시즈

완냥푸-☆
@너씨ㄴ까ㄴ3ㅇ-☆

축하 코멘트

수고하셨습니다!

2권 발매 축하드립니다!
역시 이번 권도 재미있네요!

진 씨가 만들어가는 세계판도
시즈 씨가 그리는 그림도
정말 좋아합니다! 이번에는
에네와 코노하가 귀여웠어요!
키도도! 카노도! 하지만 히비야가
부족합니다. 마리와 세토도 부족합
니다. 그런 이유로 여기에 그렸
습니다.

아지랑이 데이즈 제2권

발매 축하드립니다!

이번 이야기의 중심이

제가 가장 좋아하는 「헤드폰 액터」라는

곡이라서 어떤 이야기가 나올지

매우 기대됩니다.

앞으로도 바쁘시겠지만

건강을 해치지 않도록 조심하세요……!

이시후로

에네입니다ㅡ!

주인님ㅡ!

소셜 2권!
축하합니다!

절 모르시는 분들은 처음 뵙겠습니다!
류세라고 합니다.
진 씨, 시즈 씨, 완냥푸 씨.
2권 발매 축하드립니다ー!
우와, 정말 많은 일이 있었지요!
저는 너무 많은 일이 일어나서
모모 팬에서 마리 팬으로
갈아타게 되었습니다.(1권 후기 참고)
그런 이유로 앞으로도
힘차게 달려가 주세요!
응원하고 있습니다!

(리ゅ우세ー)
류세

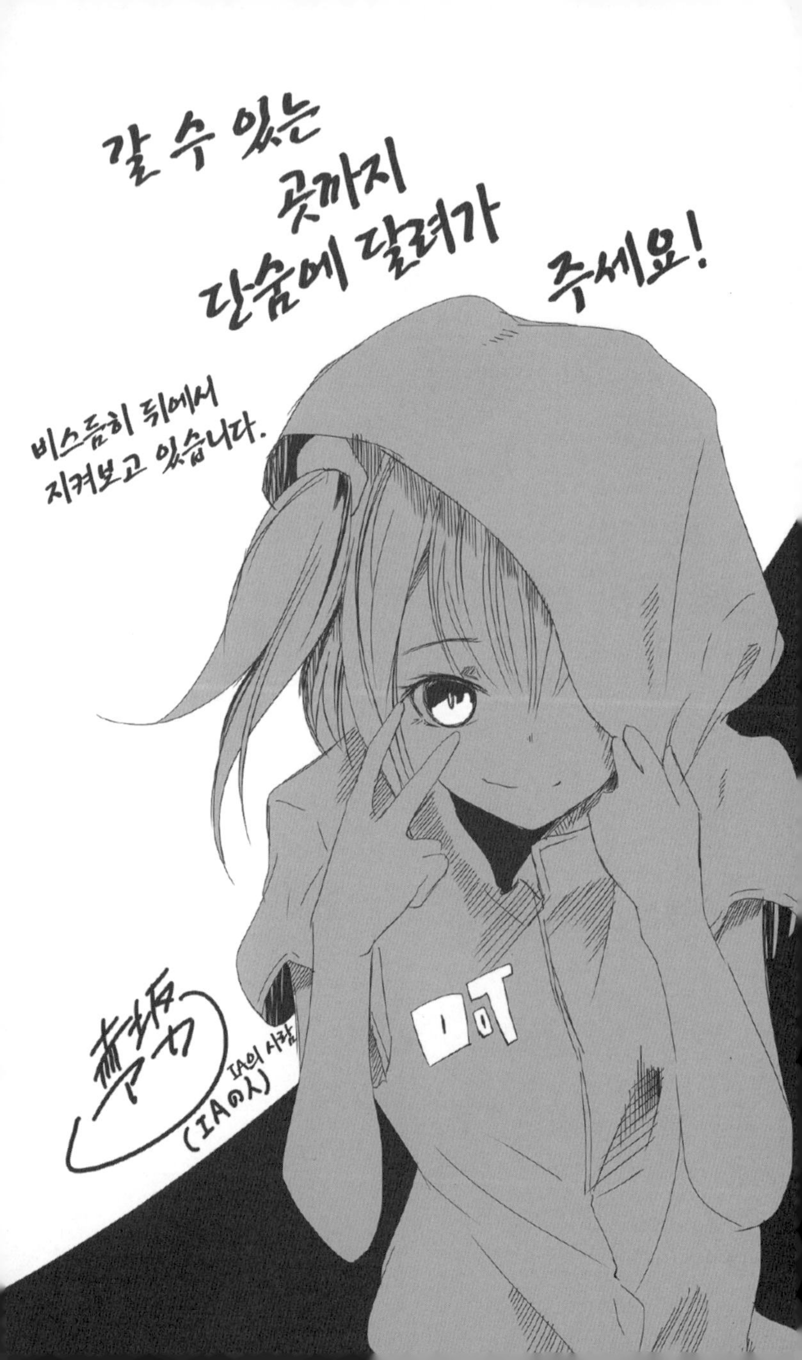
갈 수 있는 곳까지 단숨에 달려가 주세요!
비스듬히 뒤에서 지켜보고 있습니다.
IA의 사람
(IAの人)

―설정 자료―

세토

카노에게

개구리라고

놀림 받을 것 같다.

어려 보이게 그려졌다.

저지

모모   코노하   마리

등장 캐릭터

에네　　　　　신타로　　　　　아야노

카노   아자미   타테야마 켄지로

히비야   히요리   키도

예전의 에네

옛날

눈물점

🕐 타카네+하루카+코노하 설정

아지랑이 데이즈 2
-a headphone actor-

1판 1쇄 발행 2014년 4월 10일
1판 11쇄 발행 2019년 9월 30일

지은이_ Jin
일러스트_ Shidu
옮긴이_ 이수지

발행인_ 신현호
편집장_ 김은주
편집진행_ 최은진 · 김기준 · 김승신 · 원현선 · 권세라
편집디자인_ 양우연
국제업무_ 정아라 · 전은지
관리 · 영업_ 김민원 · 조은걸 · 조인희

펴낸곳_ (주)디앤씨미디어
등록_ 2002년 4월 25일 제20-260호
주소_ 서울시 구로구 디지털로 26길 111 JnK디지털타워 503호
전화_ 02-333-2513(대표)
팩시밀리_ 02-333-2514
이메일_ lnovelpiya@naver.com
ㄴ노벨 공식 카페_ http://cafe.naver.com/lnovel11

원제 Kagerou Daze -a headphone actor-
ⓒ2012-2014 KAGEROU PROJECT / 1st PLACE
Edited by BOOKWALKER Co., Ltd.
First published in Japan in 2012 by KADOKAWA CORPORATION ENTERBRAIN
Korean translation rights arranged with KADOKAWA CORPORATION, Tokyo.

ISBN 978-89-267-9547-7 04830
ISBN 978-89-267-9484-5 (세트)

값 6,800원

떨어진 용왕과 멸망해가는 마녀의 나라 1권

마이사카 코우 지음 | 요타 일러스트 | 김덕진 옮김

여기는 싸움이 끊이지 않는 세계.
마녀가 사람에게 쫓기며, 소외당하고, 공격받아 멸망하려는 세계.
어느 날, 그 남자가 떨어졌다. '검은 숲의 마녀' 해리건 앞에— 욕실 천장에서.
"뭐, 뭐, 뭐, 뭐냐 네 녀석은?!" "가슴이다! 게다가 커!"
— 그저 멸망을 기다리는 마녀의 나라에 갑자기 나타난 이세계의 남자 —
"이, 이봐, 멋대로 남의 아앙, 가슴을 우아앙, 만지지마아앗!" "거유거유거유!"
— 기억을 잃고, 이름에 '용왕'을 가진, 기묘한 차림의 남자 —
"나, 나, 나, 남자가 어, 어어, 언니의 가슴으으으을?!"
"침착해라, 유우키!"
— 이리하여 '전재(戰才)'와 '마법'이 만나,
운명의 톱니바퀴가 거꾸로 돌기 시작한다!

**요염하게 춤추는 전란무쌍 판타지,
여기에 개막!**

라이트노벨의 새로운 빛! L노벨의 신간은 매월 10일에 발매됩니다. www.lnovel.co.kr

BIG-4 1~5권 (완결)

다이라쿠 켄타 지음 | 와다알코 일러스트 | 이승원 옮김

666만 마족의 정점에 군림하는 마왕군 최고전력── 사천왕.
하루아침에 마계로 와버린 평범한 고등학교 1학년 · 야마다는
원래 세계로 돌아가기 위한 임무를 안고 사천왕에 들어가게 된다.

그런데 마계의 사천왕이 모여서 한다는 짓이─

**RPG 게임 하기.
몬스터의 연애 상담 해주기.
그리고─ 여자 목욕탕에 침입하기─?!**

너무나도 유감스러운 사천왕의 일상판타지가 시작된다!!

© 2013 Koushi Tachibana, Tsunako /
KADOKAWA CORPORATION

데이트 어 라이브 1~9권

타치바나 코우시 지음 | 츠나코 일러스트 | 이승원 옮김

4월 10일. 새 학기 첫 등교일.
이츠카 시도는 평소와 다름없는 일상을 보내고 있었다.
갑작스러운 충격파로 파괴된 마을 한가운데에서 소녀와 만나기 전까지는—

세계를 부수는 재앙, 정령을 막을 방법은 단 두가지.
섬멸, 혹은 대화

정령과 만나게 된 시도는,
세계의 멸망을 막기 위해 데이트로 정령을 꼬셔야하는 운명에 처하게 되는데!?

세계의 멸망을 막기 위한 데이트가 시작된다—!!

ANIPLUS TV 애니메이션 방영 화제작!!

라이트노벨의 새로운 빛! L노벨의 신간은 매월 10일에 발매됩니다. www.lnovel.co.kr

악성소녀 1~3권

스기이 히카루 지음 | 키시다 메루 일러스트 | 이해영 옮김

고등학교 2학년 여름방학, 악마 메피스토펠레스라는 기묘한 여자가
나를 낯선 세계로 끌고 갔다.
그곳은 200년 전의 음악도시 빈……일 텐데
전화도 전차도 비행선도 마물도 어지럽게 오가는 이세계?!

"지금부터 너희에게 진정한 음악을 들려주겠어."

현대로 돌아갈 방법을 찾던 도중 만난 소녀는 그 유명한 천재 음악가?

『하느님의 메모장』의 콤비 신시리즈!
음악에 모든 것을 건 소녀와 엮어나가는 고식 판타지!